君を忘れた僕と恋の幽霊

Sakari Teshima
手嶋サカリ

CHOCOLAT BUNKO

ILLUSTRATION 伊東七つ生

C O N T E N T S

忘れないで、と君は言って、俺は聞こえないふりをした。ずっと耳をふさぎ続けて、ついに君は消えた。


「まったく、急に病院から電話があった時は心臓止まるかと思ったんだから。十年も帰ってこないで、連絡があったかと思えば入院なんて、どんな気持ちになったと思うの」

頭上から、母の声が降ってくる。身体は半分眠っているように怠《だる》く、まぶたが重くて目が開かない。

たくさんの人が動き回る気配。嗅ぎなれないツンとしたにおい。指先にわずかに感じる、硬いシーツの手触り。母の言葉からすると、ここは病院なのだろうか。横たわる自分を前に、母がひとり喋り続けているこの状態が、にわかには飲み込めない。

「全身打撲《だぼく》と脳震盪《のうしんとう》だって聞いてきたけど、先生が戻ったらもう一度よくお話を伺わないと。CTとMRIの結果もだわ。ああ、もう、本当に、階段で足滑らせるなんて、お兄ちゃん、まだ二十代なのに」

——二十九はもうほぼ三十だよ。

そうまぜっかえそうとして、唇が動かないことに気づく。

階段で足を滑らせたって、誰のことだ。いや、自分のこと以外ありえない状況だけれど、身に覚えがない。

「小説家って、やっぱり家にこもりきりで体力が落ちるのかしら。その歳で足元がおぼつかなくなってるなんてこと、ないわよね？　東京にはジムとかいくらでもあるでしょう。最近はほら……パーソナルトレーニングだっけ？　流行ってるらしいじゃない。サッカーはもうやってないの？　それにしても、やせて見えるわ。ちゃんとした食事をしてないんでしょう。電話じゃいつも大丈夫しか言わないんだから、ほんとうにもう」

　母の口数が多くなるのはこちらを思いやっているときだと知ってるから、何も言い返せない。いや、今はどちらにしろ、口を開くことができないのだけれど。

　大学進学を機に上京して、もうとっくに自立した気でいたのに、こんなふうに親に心配をかけるなんて我ながら情けない。いやちょっと待て、今、母は小説家と言わなかったか。いよいよ、誰の話だ。考えようとしたけれど、まるで頭が働かない。泥でも詰まっているみたいだ。

　もどかしい思いをしているうちに、いつのまにか母の声が聞こえなくなっていた。どこかへ行ってしまったのだろうか、と情けなくも心細くなった次の瞬間、喉がひきつるような声が聞こえて驚く。ぼんやりとした意識の中で必死に耳を澄ますと、音の輪郭《りんかく》が少しはっきりとして、それが押し殺した嗚咽だと分かった。

　母を泣かせてしまった。身体と同じぐらい、気持ちが重く沈んでいく。何が起きているのか分からないけど、本当にごめん。大丈夫だと言いたいのに、身体が動かない。

「お兄ちゃんまで――……」

――よく、聞こえない。俺まで、何だって？

ああ、そうか、陽向《ひなた》だ。陽向も病院にいる。今も入院中だっけ。ごめん母さん、早く長野に、陽向のところに戻ってやってほしい
いくらもがいてもやはり声は出なくて、やがて母の声も硬いシーツの感覚も、すべてが遠ざかっていく。ただ、繰り返し念じる。

――大丈夫。俺は大丈夫だから。


掌の中の小さな画面に指を滑らせ、何枚もの画像をスクロールしていく。雑居ビルの隙間からのぞく繁華街の朝焼け、街灯の照らすコンビニの駐車場、ポップコーンが散らばった映画館の床。気取っているようで、その割にあまり見る人を意識していない適当さもある。

履歴を見る限り更新はそう頻繁《ひんぱん》ではない。何気ない風景を切り取ったようでいて、何か大切な時間を記録したようでもある。こっそりと綴られた私小説みたいな写真たちだと思った。それでも画像共有ＳＮＳにアップロードしているのだから、誰かに見せたかった

のだろうか。kanata0906、という簡潔なアカウント名をじっと見つめ、ため息を吐く。

携帯をシーツの上に投げ、奏汰《かなた》は身体を起こした。硬いマットレスの上から、ぐるりと部屋を見回す。ヘッドボードのないシンプルなパイプベッドが置かれているのは、畳敷きの八畳間だった。ペルシャ絨毯風のラグ、畳に直置きのオーディオとその脇に並べられた文庫本がたぶん三十冊くらい。退院した今日、戻ってきた自宅の寝室だ。見覚えのない部屋を、どうにか自室だと受け入れようとして数十分経った。

意識を取り戻し、病室で医師と対面した奏汰の第一声は「大丈夫ですから」だった。母は泣き笑いの表情で「何を言ってるの」と怒り、担当医は苦笑していた。客観的事実を言えば、小嶋《こじま》奏汰は全然大丈夫ではなかった。身体の状態はそれほど深刻ではなく、命に別状はない。しかし、階段から転落し、頭と身体を強打して意識を失い病院に運ばれたという事故の記憶を、すっかり失っていた。

思い出せなかったのは、それだけではない。長野県の茅野《ちの》に生まれ両親と弟の四人家族。二十九歳独身、東京で一人暮らしをしている。そういう事実はきちんと説明できたけれど、職業が小説家だとは言えなかった。

スポーツ選手をよく受け持つという担当医の若林《わかばやし》によれば、頭を強く打った後に、一時的な記憶障害が起こることはままあるらしい。外傷性健忘と名のつけられたその症状は、数日のうちに回復する——つまり、患者に記憶が戻る——ことが多いという。

経過観察のため入院は続いたが、数回の再検査の結果、脳や脳波に異常はなかった。しかし、記憶が戻ることもなかった。

その間、奏汰はすすめられて「自分年表」なるものを作った。まずは進学や就職などの大きな出来事を書き出し、その当時の感情や情景が思い出せるか確認していく。やってみると、どうやらはっきりとした記憶があるのは中学の卒業式までだということが分かった。

高校入学以降の出来事を、全部を忘れているわけではない。東京に進学した自覚はあり、大学名も言えるけれど、大学生活の記憶は、すべてに紗《しゃ》がかかったみたいにぼんやりとしている。大学を卒業した後も東京で暮らしていたという認識はあるのに、どうやって生計を立てていたのか分からない。今住んでいる家の間取りは書けるけれど、一人暮らしの身でどうして古びた一軒家を選んだのかも、まるで思い出せないのだった。

不安を加速させる奏汰に、若林は柔和《にゅうわ》な笑顔で、あまり思いつめないようにと言った。脳に異常がないことは検査で確認ができており、それでも記憶が戻らないのは精神的な問題の可能性がある。この場合、カウンセリングなどで治療を試みることになるけれど、ひとまずは様子を見ましょう、というのが彼の診断だった。

定期通院をサボらないこと、何かあったらすぐに連絡すること、家族や周りの人に頼って、無理をしないこと、とやはり明るく若林は言った。根が体育会系の奏汰ははきはきと受諾の返事をして、ほどなく退院の運びとなった。脳震盪には特に後遺症もなく、あるのは腰の打撲と右足首の捻挫《ねんざ》程度だ。

奏汰は仰向けのままシーツの上を探り、さっき放《ほう》った携帯電話を掴んだ。携帯は問題なく扱え、インストールした記憶のない画像共有アプリ――フォトログも、何も考えずに操作できる。けれど、自分のもののはずのアカウントに並ぶ画像には、一枚も見覚えがない。

自分の撮った写真を見れば何か思い出せるのでは、という淡い期待は裏切られ、やはり記憶を失くしているのだ、と思い知らされてしまった。

うじうじ思い悩むタイプではないが、それでもさすがに不安になる。

実際のところ、携帯電話に触れる余裕ができて最初に起動させたのはメッセージアプリだったのだけれど、記憶にない名前がずらりと並んでいるのを目にした途端、恐ろしくなり閉じてしまった。

次に見たのはメールアプリで、こちらは仕事関係と思われるメールが何通もあり、腹をくくって読んだところ、やはり自分は小説を生業《なりわい》としているらしいことが分かった。どうやら新作のプロットを担当者と進めているようだったが、自分が書いたと思われる素案も、それに対する編集者の指摘も、まるで頭に入ってこなかった。自分が小説家だなんて、全く信じられないまま、結局メールも放置している。

奏汰はううんと唸《うな》り、慣れない気鬱《きうつ》を誤魔化《ごまか》すように伸びをした。じわ、と身体の右側が痛んで慌てて元の姿勢に戻る。痛み止めは飲んでいるが、無理に動かすと鈍痛がやってくる。ストレスは身体を動かして発散するタイプだが、当分は無理そうだ。

病院から自宅へと帰る短い間にも、時折右足がふらついてしまい、支えが必要になった。幸いなことに、支えてくれる人間がそばにいた。それは目下のもうひとつの心配事で、もしかしたらいきなり小説を書かなければいけないという事態よりも厄介《やっかい》かもしれなかった。

ぼんやりしていると、無意識のうちに左手が前髪を掻き上げていた。硬さのない髪がふわりと持ち上がり、さらさらと頬をくすぐって落ちる。ずっとスポーツ少年で、こんなに長い髪に馴染《なじ》みはないのに、身体にはその仕草が染みついているようで、不気味だった。何もかも、自分のものではないようだ。

「どうすっかな」

つい漏れた独り言に、寝室のドアが開く音が重なる。

「めし、きた」

背後から呼びかけられて、奏汰の身体は硬直した。

三日前、突然病室に現れた「彼」。

「めし、きた。中華」

呼びかけに反応できずにいると、同じ言葉が繰り返される。のろのろとドアを振り返ると、果たしてそこには、古びた和室にはミスマッチなぴかぴかの若者が立っていた。とにかく背が高い彼は、昭和規格のドア枠のせいで、少し背を屈めている。

その容姿は、初対面で目に焼き付いてしまった。ゆるりとしたスウェットを着ていても分かるほど筋肉質な身体をしており、その上には冗談みたいに小さな頭がのっている。付け加えるなら、手足がこれもまた冗談みたいに長い。とにかく骨格が美しくて、そのせいか、あまり手入れをしていなさそうな黒髪も、計算づくの無造作《むぞうさ》ヘアに見えた。少し癖のある黒髪が目元を隠しているので、表情が良く見えず、ミステリアスな雰囲気が漂う。

スタイルが良い人間というのは、どこか宇宙人のようだと奏汰は思う。初対面で「奏汰さん」と、近しい関係性をにおわせる呼びかけをしてきた彼に、「どちら様ですか?」と返した時の自分は、未知の生命体に脅える地球人さながらだった。

今、その宇宙人と自宅にいる。病院で目覚めてからずっと、起こっていることに現実感がない。ぼんやりしていると、彼が近づいて来て、無言で手を差し出してきた。

「え?」

戸惑っているとそのままその手を胴に回してこようとしたので、奏汰は慌ててベッドを降りた。

「えっと、食事、頼んでくれたんですよね。ありがとうございます」

出来るだけ身体が触れないよう、彼の脇をよちよちと通り抜け、キッチンへ向かう。落ち着かないせいか、無性に温かいものが飲みたくなった。

「高山《たかやま》さんもお茶、飲みますか？」

西側の壁に沿って調理台や流しの並ぶダイニングキッチン――というより台所付きの食堂と呼ぶ方がしっくりくる、ビニールタイル張りの部屋へ足を踏み入れて振り返ると、背の高い男――高山は首を横に振った。そしてまるで自分の家かのようにためらいなく冷蔵庫を開け、プラスチックのシェーカーを取り出す。首を伸ばして覗き込むと、冷蔵庫の中にはさらに三本、同じようなシェーカーが冷やされていた。多分、プロテインだろう。

「俺のプロテイン。夕方用、夜用、明日の朝用」

凝視していると、冷蔵庫の三本を指して高山が説明をしてくれる。

奏汰はううん、とまた唸った。いい身体をしていると思ったら鍛《きた》えているのか。いや、問題はそこではなくて。

「あの、本当に、しばらくここに寝泊まりするんですか」

「……恋人」

初めて顔を合わせた時と、全く同じ調子で高山が答える。もっとも初対面時の回答の意味は「私はあなたの恋人です」だし、今のそれは「恋人なので、退院後のあなたに付き添います」だろう。

繰り返された言葉の通り、退院日三日前に突然現れた長身の若い男は、恋人だと名乗った。奏汰が路上の階段で足を滑らせ、頭を打って意識を失ったときも一緒におり、救急車を呼んだのも実家の連絡先を病院に伝えたのも検査や入院の手続きをしたのもすべて、彼だったらしい。

母とも知り合いらしい彼は、一時的な記憶障害のことも既に聞いていたようで、どちら様、という奏汰の不躾《ぶしつけ》な問いにも表情を変えなかった。

恋人と名乗った男は、高山葵《あおい》、映像関係の仕事をしている二十六歳で、少し前から付き合っている、と簡潔に自己紹介した。お母さんは仕事で長野に戻らないといけなくて、俺が奏汰さんの世話を頼まれた、と続いた説明に、慌てふためいたのは奏汰の方だった。初恋の頃から気になる相手は同性だったけれど、それを家族に伝えたことはなかったはずだ。

その動揺を察したのか、お母さんは友人だと思ってる、と淡々と付け加えた高山に奏汰はひとまず安堵したものの、事態はまるで呑み込めなかった。

職業だけでなく、恋人の存在まで忘れている。いきなり恋人だと言われても、彼をどう扱えばいいのかまるで分らなかった。ただ、長野に戻った母が「葵君によろしくね」とメッセージを寄越したので、彼はそう悪いやつではないのだろうと思えたことだけが救いだった。三十年以上教職に就いている母の、人を見る目は確かなのだ。

高山は記憶喪失直後の恋人を気遣ってか、スキンシップや恋人らしい素振りは全くなしで、距離を保って接してくれた。無口なだけで気は回り、テキパキと医師の指示や服薬サイクルの把握《はあく》、退院の手続きを手伝ってくれ、奏汰は流されるままそれを受け入れた。そうして彼が予約したタクシーに乗って退院し、自宅まで送り届けられたばかりか、気づけばこうして泊まり込みを押し切られそうな事態に陥っている。

「俺と高山さんて、同棲とかしてました？」

念のため確認すると、彼が首を横に振るので安心する。奏汰は意を決して口を開いた。

「あの、怪我《けが》してからこれまでのこと、本当にありがとうございます。ちゃんとしたお礼は改めてさせてください。でも、今日は一旦、帰ってもらえませんか」

どう切り出そうか迷っていたことを口にできて、ひとまず安堵する。高山は終始面倒見のいい友人か後輩のように振舞っていたが、自分は恋人どころか友人としてさえ彼を見ることができない。知り合って数日の他人なのだ。一方的に好意を受け取り続けるのはあまりに心苦しく、二人きりでは落ち着かない。

「一人にできない」

彼は左手にプロテインシェイカーを握ったまま、真顔でそれだけを答えた。心配なら心配そうな表情を浮かべてくれるとこちらも感情を汲み取りやすいのだけれど、彼の表情筋は滅多《めった》に動かない。その代わりなのか、彼の行動力には目を瞠《みは》るものがあった。

事故に遭った奏汰に対して、高山は過保護だった。病院では奏汰を一瞬たりとも一人で歩かせなかったし、階段はおろかその付近にさえ近づかせようとしなかった。

事故当時高山と散歩していた自分は、彼が自販機で飲み物を買っていた数分の間に、階段から転がり落ちていたらしい。何とも間抜けな話だ。

打撲の症状は日々改善している。記憶喪失に関しても、家事や生活手段、例えば携帯電話の使い方や電車の乗り方などは覚えており、日常生活は問題ない。そう説明したが、「心配」の一点張りで家までついてきた。

「高山さんのことを忘れてしまって申し訳ないし、早く思い出せればいいと思うんです。でも、いきなり恋人とも思えなくて。落ち着くまで少し時間が欲しいっていうか」

恋人が突然自分のことを忘れてしまったら、どれほど辛いことだろう。そう思うと、強くは出られなかった。それでも、少しでいいから気持ちを整理する時間が欲しい。

高山はシェイカーをキッチン台に置き、その手でこめかみの上あたりをガシガシと掻いた。そして少し俯くと、右手でマスクを外す。

唐突にあらわになった彼の顔の美しさに、奏汰の時は一瞬止まった。

あまり光の入らない黒々とした瞳が、まず目を惹く。ニキビ跡ひとつないつるんとした肌が幼さを感じさせるけれど、鼻は高く、西洋系と東洋系の中間のような顔立ちに見えた。左右対称の整った顔の中で、左目の下にある黒子が妙に色っぽい。

他人の顔を見てこんなに驚いたのははじめてかもしれない。目立ちすぎるから、前髪とマスクで顔を覆っていたのかと思うほどだった。

突如目の前に現れた美しすぎる生物にぽかんとする奏汰を、高山は正面から見つめてきた。

「ごめん。恋人っていうのは半分嘘。本当はお試し期間だった」

急にしっかりと話し始めた高山に驚き、その次に「嘘」「お試し期間」という単語がぽんぽんと意識に飛び込んでくる。奏汰は混乱した。

「え？　嘘、半分？　え？」

「映画の試写会で顔を合わせた。流れで何回か飲みに行って、俺が口説《くど》いて、奏汰さんが条件を出した。奏汰さんの持ってるリストをクリアしたら付き合ってやるって。俺はＯＫした。でも、リストを見せてもらう前に、奏汰さんが階段から落ちた」

詳細とは言い難い説明だったけれど、順に咀嚼《そしゃく》していくとさっきより理解が進み、奏汰はほっとした。つまり自分と高山は、正式に交際する前だったということだ。恋人の存在を忘れてしまっているという罪悪感が、少しだけ和《やわ》らぐ。

「えっと、俺と高山さんはまだ付き合ってなくて、俺が条件を出した？　それが、リスト……？」

「物置部屋のトランクに隠してあるって言ってた。大昔に作った、恋人としたいことを書いたリストなんだって。黒歴史だけど、捨てられないって笑ってた」

　奏汰は眉間にしわを寄せた。そんなリストを書いた覚えはない。しかし、冗談にしては具体的だ。もしかして、記憶の曖昧《あいまい》な高校入学以降に書いたのか。もしそうだとしたら、と想像した途端に落ち着かなくなった。恋人としたいことを並べたリストなんて、作ったこと自体が恥ずかしいのに、アラサーにもなって、それに他人を巻き込もうとしたなんて。

「いや、ありえないんですけど」

「あのときの奏汰さんは酔ってたけど、嘘を言ってる感じじゃなかった。疑うなら、今、物置部屋を探してみれば」

　物置部屋というのは、寝室の隣にある納戸のことだろうか。この平屋にある部屋は今いる台所付きの食堂、食堂と続き部屋になっている居間兼書斎、廊下を挟んで寝室と納戸だけなのだ。

「見たら何か思い出すかもしれないし」

　ぼそっと付け加えられた言葉に、心を動かされた。高山のことも含め、少しでも記憶が戻る可能性があるならなんだってしたい。頷いて、廊下に出ようとすると、高山が先導するようにドアを開ける。彼の意図を察し、奏汰は先んじて制した。恥のかたまりみたいなリストがもし本当に存在するのなら、まずは自分一人で確認したい。

「散らかってるかもしれないので、一人で見てきます」

「一人じゃ危ない」

真剣な目をした高山に言われ、思わずドキリとする。美しすぎる顔全体がさらけ出されているから余計だった。

高山の示す心配や気遣いはまっすぐで、茶化したりはねつけたりすることが難しい。色めいた言葉や仕草は一切なくても、彼の好意はこれまでにも十分すぎるほど感じていた。

彼を思い出せないことが、切なくなってしまうくらいに。

「っ、いや、さっき寝室からここまで、俺一人で歩いてこられましたよね？」

「後ろで見守ってた」

「じゃ、今回も見守るだけにしてください！　ここから！」

引き下がらない高山に、奏汰は声を張った。誠実なのは好ましいけれど、押しが強いのには困る。年下の男から、壊れ物のように扱われるのも慣れない。

ついでにいえば、大事にされてはいるが、敬われてはいない。その証拠に口調はため口で、まだ慣れないこちらは敬語を使っているというのに、それに合わせる気はないようだし、いつも強引に事を進める。流されて、相手のペースに乗ってはいけない。ときめいている場合でもない。胸が高鳴ったことを誤魔化すように心の中で己を戒め、奏汰は一人で納戸へ向かった。

古い日本家屋特有の、土と木のまじりあったようなにおい。窓のない納戸には、ひんやりとした空気が満ちている。がらんとした三畳ほどの空間のすみに、茶色い革張りのトランクがあった。アンティークっぽいそれに、見覚えはない。ついでに言えば、この部屋も、初めて入るとしか思えない。知らない部屋の、見知らぬトランク。実は全部が、他人の物なんじゃないか――急にそんな恐怖が顔を出し、奏汰は思わず後ろを振り返った。言いつけ通り食堂にとどまり、じっとこちらを見ている高山と目が合う。怪訝《けげん》な顔をした高山がこちらへ来ようとするのを慌てて掌を向けて留まらせ、奏汰はそそくさと納戸の中へ入った。

うっすらと積もる埃《ほこり》は見ないふりをして、トランクに触れる。ハンドルの両側にある鍵を押し開けると、埃が舞い上がった。中にはほとんど物が入っておらず、古ぼけた道具箱が真っ先に目につく。この道具箱は、覚えている。ようやく自分が自分である証を見つけた気がして、安堵とともに奏汰はそれに手を伸ばした。小学校の時買ってもらったもので、学校で使わなくなってからは、大事なものをしまう、宝物箱にしていた。『三年二組こじまかなた』のふちが欠けたシールをひとなでし、ふたを取って中身をより分ける。サッカーで貰った表彰状に、小学生時代に集めていたカード、ジュースをこぼした跡のある通知表。懐かしい思い出に混ざって、それは異彩を放っていた。

「これか……？」

道具箱の中のものでそれだけが、記憶になかった。折り目や汚れのない、シンプルで上質な水色の封筒。手に取って表裏を確認してみたが、宛名などは書かれていなかった。封もされておらず、これが高山が言っていたリストか、と直感的に感じながら中を開いてみる。

封筒と同じ明るい空色の便せんの一番上には、『恋人としたい七のこと』の題字があった。もともと書かれていた「十」の字に二重線が引かれ、「七」に訂正されている。確かに、自分の字だ。しかしこんなものを書いた記憶も、こんなところにしまった記憶もない。しばしじっと眺めても、何も思い出せなかった。記憶が戻るかもしれないという期待が儚《はかな》く消えて落胆しかけ、それを吹き飛ばそうとふん、と鼻から息を吐く。

ともあれ、高山の話の信ぴょう性はだいぶ高くなったと言える。黒歴史の権化のようなブツは、できれば幻であってほしかったけれど、実際に目にしてしまえば、もう否定できない。意を決して、中身を読むことにした。

「手を繋ぐ、ハート……なんだこれ」

恥ずかしさが腹の底から駆け上がってくる。文末に書かれた「♡」や小さなマークが目に突き刺さり、全身がむず痒くなった。何度か目を逸《そ》らしつつ、破り捨てたい衝動を押さえつけながら最後まで目を通す。

「手を繋ぐ♡
サッカーをする⚽
ツーショを撮る✌
水族館に行く
リンゴを剥いてあげる♡
カレーを作る🍴
ホラー映画を見る🎥
夏休みの自由研究をする
キスする!!
海で恐竜を探す」

十行を読み切るのに随分《ずいぶん》と消耗し、奏汰は息を吐いた。書いたのが高校生の頃だとして、自分はこんなに幼かったのだろうか。

記憶にある限り、学校生活ではずっと人気があった。中学校では、サッカー部でキャプテンを務めていたし、自分で言うのもなんだが女子に好かれやすい顔立ちだった。一人より誰かといる方が好きで、いつもサッカー部やクラスの仲間とつるみ、人間関係に苦労したことはない。どれだけ女子に好かれても興味を惹かれるのは男性で、それを周りの誰にも言えないことを除いては。高校生になった自分は、だからこんなリストを書いたのだろうか。いつか同性の恋人と、周囲と同じように恋を謳歌することを夢見て。

そう思うと、高校時代の自分を責めることはできない。けれど、これを一緒に実行したら付き合うと条件を出したという、アラサーの自分には死んでもらいたい。いったいどんな神経をしているのか、羞恥心が死んでいるのか。酔っていたと高山は言ったが、そんなに酒癖が悪いんだろうか。

これを高山に見せることを想像するだけで死にたくなる。ましてや、こんなままごとみたいな恋愛ごっこを、一緒にやるなんて。

奏汰はリストから目を逸らし、土壁の染みを睨《にら》んだ。高山には言っていないが、初対面で彼に「恋人」宣言をされた時、理屈抜きの違和感があった。恋人なんているわけない、と咄嗟《とっさ》に思い、しかし記憶は真っ白で、恋人の有無については確信が持てなかった。

まともな記憶があるのは中学三年生までで、それまでの間に恋人がいたことはない。恋愛対象が同性ということもあり、恋には奥手だった。初恋は小四の時。相手はサッカークラブのコーチで、コーチの彼女が試合の応援に現れたのを見て、淡い失恋を味わった。数日ふさぎ込んだが、その程度で傷は癒えた。告白は数度されたが女子に興味はなく、サッカーに夢中で、恋愛は二の次だった。

恋愛に関する記憶はそれだけだが、漠然と、恋愛について後ろ向きな印象を持っている。恋愛とか、恋人という単語を聞くと、明日の天気は大雨だと知った時のような憂鬱《ゆううつ》を感じる。病院で、そんな自分に驚いたのだった。記憶の失われた十四年の間に、何か痛い目に遭ったのかもしれない、と思った。

というのも、恋愛に関する記憶は残っていないにも拘わらず、セックスは経験済みだと、これも理屈抜きで分かっているからだ。電車の乗り方を覚えているのと同じように、男同士のセックスの手順をはっきりと記憶している。有体《ありてい》に言えば、入れられる時の感覚を、身体が覚えてもいる。でも、一人として相手の顔を思い出せない。セックスについて考えると、何人もの男の影がただぼんやりと浮かび、品行方正とは言い難い性生活を送っていた可能性すら感じてしまう。もちろん、これも高山には言えないのだけれど。

そんな自分が、酔って実行を提案したらしいリスト。奏汰は改めて、便せんに目を落とした。高山と手を繋いだり、料理をしたり、ままごとみたいな恋人ごっこを、本気でするつもりがあったとは考えにくい。申し訳ないけれど、見つからなかったと嘘をつこう。酔っていたんだと思う、と謝り倒せばいい。付き合うとかいう約束は、ひとまず保留にして。心を決めて一つ息を吐くと、ふいに背後で床が鳴った。

「奏汰さん？」

「ヒッ」

急に声をかけられ驚いて振り返ると、納戸の入り口に、少し背を屈めるようにして高山が立っている。

「なかなか戻ってこないから、何かあったかと思って。それ、リスト？」

「え、いや、ちょっと、まずは荷物を整理、しようかなって」

しどろもどろになりながら封筒と便せんを背中に隠したけれど、我ながら嘘が下手すぎる。狭い納戸の中で逃げることもできず次の一手を考えあぐねていると、高山が長い脚で軽々と距離を詰めてきた。

「見せてほしい。俺にとっては、大事なことだから」

そう言われてしまっては、拒むのが難しい。ただでさえ、こちらには相手を忘れたという負い目があるのだ。高山は少し顎を引き、じっとこちらを見てくる。ひたむきな愛情を感じ、奏汰は視線を落とした。高山の誠意を目の当たりにするほど、居たたまれなくなる。

「これ、やったら付き合うって俺が言ったんですよね」

往生際悪く尋ねると、高山がこくりと頷く。どう考えても、過去の自分が本気だったとは思えない。高山のためにも、悪い冗談は早めに終わりにした方が良い。

「それ、多分、悪ふざけだったと思うんですよ。あの、高山さんが知ってたかどうか分からないし、はっきり記憶があるわけじゃないんですけど、俺、あんまり恋愛に向かない人間だった……ような気がしていて」

どこまで率直に話すべきだろうか。確証のないことを口にするべきじゃないかもしれない。そう思いつつも、罪悪感にかられて口を開いてしまった。しかし話し始めたはいいものの、だから約束は無かったことにしてくれとまではなかなか言い出せない。言葉を探しあぐねて俯くと、低い声が降ってきた。

「セフレがいるってことなら知ってる」

「えっ」

驚いて、勢いよく顔を上げる。

「何人もいるんでしょ。相手には困らないって。自分は恋人を作らないタイプだって、はっきりそう言われた」

高山は恐ろしいほどの無表情で、こちらを見下ろしていた。淡々とした回答に、妙に凄みを感じる。

予想が悪い方に的中して、しかも自分が予想以上に乱れた生活を送っていたらしいと知って、動悸がしてくる。ちょっと待て。寝ていたはずの相手を一人も思い出せないけれど、どうすればいい。いや、ひとまず今の問題はそこではない。

「えっと、高山さんはセフレが何人もいるような男でいいの」

「奏汰さんは奏汰さんだから。俺と付き合うことに決めたら、俺一人にしてくれればいいって言った」

事も無げに言った高山に、奏汰は状況を忘れて胸を打たれた。何と——身体以外も大きな男だろうか。恋人は作らない、セフレがいるという情報開示はおそらく、断り文句だっただろう。それを意に介さず否定もせず、アプローチを続けるというのは、並の男にできることではない。同じ男として場違いに感服していると、いつのまにか手からリストを取り上げられていた。

「手を繋ぐ……」

「勝手に読むな！」

慌てて高山から、封筒と便せんを奪い返す。でも、もう中身を見られてしまった。リストを掴んだまま わなわなと震えていると、高山がじっと見定めるような視線を向けてきた。

「それ見て記憶、戻った？」

「残念ながら。こんなもの、自分が書いたなんて信じられないし、本気でやるつもりだったとも思えません」

申し訳ないけれど、約束とやらは酔っ払いの戯言だったと思ってほしい、と続けようとしたところで高山が一歩前に出て、右手を壁についた。妙な圧を感じて後ずさりすると、狭い納戸の壁に背中がつく。

「奏汰さんは遊び人で、恋愛する気がない。だから、俺とリストをやる気にはなれないっ

てこと？」

覆いかぶさってくる高山の迫力と身体の大きさに、どきりとした。大きくて、骨ばった男性が好みだ、と思い出すように自覚する。高山は、そういう意味では好みのど真ん中だ。シリアスな雰囲気にそぐわない感想は、あり得ないほど顔を近づけてきた高山によって、すぐに飛び去った。

輪郭がぼやけるほど接近され、前髪の奥の目がはっきりと見える。あまり光の入らない、真っ黒な瞳。至近距離でそれを見た途端、胸の奥がずきりと疼いた。

この目を知っている。はっとして記憶を追いかけようとするけれど、頭の中はもやもやとするばかりで、何もつかめない。そのうち、「知っている」という感覚も曖昧になり、ただ胸の痛みだけが微かに残った。

「……奏汰さん？」

無言で瞬きを繰り返していると、高山が怪訝そうに呼んでくる。奏汰は意識を引き戻した。好みがどう、という問題ではない。自分には、恋愛をする気がない。ならばリストをする意味がない。質問への答えはイエスだ。

「高山さんがどうとかではなくて……正直、今は記憶喪失で恋愛どころじゃないですし……いや、違うな。そうじゃなくても、恋愛はしたくないっていうか。今の俺は、別にセフレがたくさん欲しいとかは思わないんですけど、でも、恋愛をする気になれないっていうのは多分、記憶を失くす前と変わってなくて。だから高山さんと恋人になるのは、難しいと思います」

言葉を探しながら、出来るだけ正直に話す。高山はこれまでずっと誠実だったから、自分もそうあるべきだと思った。過去に何があったのかは分からないが、恋愛するつもりはない、と高山に語った時と、自分が変わっていないということは分かる。

答えを投げて、恐る恐る顔を見ると、高山からの圧力がふっと消えた。

「ちゃんと説明してくれるところ、変わってない」

俯き、ぽつりとそう言って、唇を噛む。

二人きりの納戸に沈黙が訪れ、奏汰は小さく息を吐いた。こちらの意図が伝わったようでほっとしていると、高山がすうう、と大きく息を吸う音が聞こえる。続いて、彼はゆっくりと顔を上げた。さっきまで真っ黒だったその瞳に光が宿っている。

「高山さ……」

「そっとしておいてあげるべきなのかもしれないけど、俺にはどうしてもできない。忘れたって、冗談だったと思うって言われて、しょうがないねとは言えない。そんなに大人じゃない」

高山が、押し殺したような声で畳みかけてくる。苦しさの滲んだ声に、心が震えた。

吸い込まれるようにその瞳を見ると、うっすらと水の膜が張っている。目の下の黒子が本物の涙みたいに見えて、奏汰はぎょっとした。

「え？　な、泣いて……」

「リストやるって、約束した」

遮《さえぎ》るように言われ、ぐっと言葉に詰まる。高山の、さっきまでひどく涼しげだった目元が、赤く染まっている。うう、とか細い声を漏らして奏汰は目を瞑《つむ》った。そのままずるずると、床に座り込んでしまう。

「……反則だろ……」

恋人だと名乗った男は、初対面からずっと淡々としていた。だから感情の起伏が少なくて、歳の割に大人びていると思っていたのに。こんなふうに感情の昂ぶりを見せられ、子供みたいに素直にぶつけられたら、突き放せなくなってしまう。

困り果てて高山を見上げると、彼はようやく壁から手を離し、ふっと肩を下げた。

「ごめん。プレッシャーかけすぎた。恋人にならなくてもいい。リストをやる間だけでいいから、ここに置いて。俺のことは、足が治るまでの買い物係とでも思えばいい」

その瞳はもう濡れていなかった。さっきまでの迫力が嘘のような軽い言い方だったけれど、要求内容は何も変わっていない。奏汰は一層どうしていいか分からなくなった。

「身元が不安なら、免許証とか見せるけど」

「え？　そ、ういう問題じゃ」

いや、それはそれで問題なのか。高山の言葉に思考が誘導されていく。高山の気持ちは分かる。退院直後の想い人を、一人にするのが不安なのだろう。足が悪くて記憶喪失とくれば、それも当然だ。高山の言う通り、しばらくは外出などに少し不自由するだろう。十四年分の記憶がないことで、日常に支障を来すこともあるかもしれない。自分を知っている人間がそばにいてくれたら、心強いだろう。一方で、記憶にない人間を傍に置く不安もある。現時点では彼のことを知人とすら思えないのに、一緒になんて暮らせるだろうか。それも、彼の好意につけこんで、便利に使うみたいに。——その好意には応えられないだろうと、半ば確信しているのに。心の振り子が右に左に揺れる。

だいたい、恋人としたいことリストをやりたいと言いながら、恋人にはならなくてもいいなんて支離滅裂だ。それでも、彼は賢い。リストを終えるまで、と期限を提示されて心理的に少し楽にされてしまった。ちょっとだけならいいかもしれないと思い始めている。

「恋愛しないって決めてるのに、俺と一緒に住んだら、好きになりそうで怖い？」

「は？　そんなわけ」

高山が手を伸ばしながら、不遜《ふそん》に問いかけてくる。むしろ真逆のことを考えていた奏汰が反射的に否定すると、高山が声を被せてきた。

「じゃあ決まり。家賃いくら払えばいい？」

「いやいやいや、何がじゃあなんですか。だいたい、人を泊めるような部屋ないし」

話を飛躍させて同居を決定事項とする高山に慌てて食い下がったけれど、心はもう白旗を上げていた。彼の手を掴んで立ち上がる。

「寝袋持ってきた。ここ、掃除して使うから掃除機貸して……あ、それか」

会話しながら部屋を見回していた高山が、スティック型の掃除機を見つけてこちらが何か言う前に手に取る。狭いからと戸口の外まで連れ出され、「いや、えっと」と戸惑う奏汰の声は、掃除機のうなりにかき消された。

「あ」

てきぱきと動き回る高山を突っ立ったまま呆然と見つめていた奏汰に向かって、高山が唐突に声を発する。急に動きを止めた高山に驚き、つい聞いてしまう。

「何ですか」

「枕忘れてきた。あれが一番重要なのに」

「知りませんよ……」

真剣なのか冗談なのか分かりにくい顔で高山が言う。呆れて返すと、ほんの少しだけれど、高山が眉を下げた。そのわずかな変化に、多分たまたま、気づいてしまった。

「寝られないかも」

「……っ、じゃあ、取ってくればいいじゃないですか！」

思わずそう言ってしまい、はっとして口を噤んだがもう遅い。

「そうする」

すっかり無表情に戻った高山が、今は心なしかニヤリとしているように見える。どうしてか、高山の強引さに抗えない。もともと、年下の我儘《わがまま》には弱い自覚がある。記憶を失う前も、高山とはこんな関係だったのかもしれない。だとしたら仕方がない。

「骨が好みなんだよな」

再び動き回り始めた高山の背中に浮く骨を眺めながら、奏汰は自分に、そう言い訳した。


『では、ひとまず執筆はお休みされるということですね。了解です！　生活の方は大丈夫なんですか？』

仕事机の上に置き、ハンズフリーにした携帯電話から、朗《ほが》らかな声が響く。アドレス帳に「水上《みなかみ》出版　来栖美和《みわ》」と登録されており、やりとりしていたメールの内容から担当編集者なのだろうと推測された人物は、恐る恐る取った連絡に「そうです！　私が小嶋先生の担当です！　本当に記憶喪失なんですね！」と元気なリアクションをくれた。入社三年目、趣味は写経と山登りらしい。

「家事の仕方とかは覚えてるんで、まあ、ぼちぼちそれ以外のことを思い出せるように頑張ります」

一週間たっても記憶が戻らず、観念した奏汰は電話をかけ、現状を包み隠さず話して休業を願い出た。自宅のパソコンに残されていた、書きかけのプロットやこれまでの原稿などを見てみたが何も思い出せない。いきなり小説を書けと言われても無理なので、休む以外の選択肢はなかったのだ。それが思いの外あっさりと了承され、逆に不安も覚えるが、ひとまず肩の荷が下りた気分になる。焦りは禁物だと、担当医の若林にも釘を刺されていた。

『何かお手伝いできることあります？　ご実家は長野でしたよね。こんな時に一人暮らしだと色々不安じゃないですか』

「いや、その……友人が、来てくれてるので」

そこまで事情を説明する必要はないか、と思いつつも相手の気安い語り口に合わせ、口が滑ってしまう。

『そのご友人のことは記憶に残ってたんですか？』

「いえ、忘れてしまってるんですけど、その……親身になってくれて」

実際には友人ではなく恋人候補で、距離を置こうとしたのに同居を押し切られてしまった、とは言えなかった。

『え？　それって大丈夫ですか？　もし、ご友人になりすました別人とかだったら……。

口座番号とか教えてないですか』

「いや、さすがにそんなことは。一方的に助けられるばっかりですし、知り合いであることは間違いないので、大丈夫だと思います」

来栖の想像力の逞《たくま》しさに苦笑する。

『もしかしてあの美容師さん？　それか、バーテンダーの林《はやし》さんですか』

「美容師、ではないですね。林さんっていう方でもないです」

『じゃあ、あのすごく背の高い方ですか。「私たちの家」の試写会でご一緒されてた』

編集者というのは担当している小説家の交友関係まで把握しているものなのだろうか、と少し恐ろしく感じていたところへ飛び出してきた一言に目を瞬く。

「高山に会ったことがあるんですか？」

『高山さんとおっしゃるんですか。いえ、遠目にお見かけしただけです。先生がイケメン風の男性といるなって。すみません。プライベートなことを』

それはまず間違いなく高山だろう。しかもそれは、彼が語っていた出会いの日のことかもしれない。

自分では思い出せない日のことを、確かに存在した時間としてこんなふうに第三者から聞かされるのは不思議な心地《ここち》がした。同時に、自分は今とてつもない空白の中にいて、右も左も分からないのだという現実を改めて思い知らされる。

このまま記憶を取り戻せなければ、自分は何もかもを失ってしまうのではないか、という不安が顔を出した。来栖も今は笑っているが、数か月、半年と書けない時間が続けば自分を見放すだろう。

ビデオ通話にしていなくてよかったと思いながら、奏汰は細い息を吐いた。

「こんなことになって、本当に申し訳ないです。正直、自分が小説家だっていう実感がないというか、小説家になってること自体信じられないというか。自分が小説を書くようなタイプだと思えなくて」

『あはは、率直ですね！　確かに先生ってもともと、文系というより体育会系なんですよね。小説家になられたのは、大学生の頃でしたっけ。著者近影が、その頃のお写真ですよね？』

「著者近影……」

言われて、手元に積んである著作の一冊を取る。カバーを見ると、そでの部分にぼうぼうに伸びた髪に眼鏡をかけた自分の顔写真があって、驚いた。髪が長いせいで女性にも見えるその姿は、確かに自分の顔をしているけれど、見覚えがなくてぞっとする。まるで自分の幽霊を見つけてしまったかのようだ。

『著者近影はすごく儚げで、近寄りがたい感じがして、ザ・文学青年！　ですよね。作品のイメージとピッタリで。でも実際お会いしたらすごく朗らかでポジティブな方だったので、いい意味で想像を裏切られました』

状況の深刻さが伝わっているのかいないのか、来栖の軽快なトーンは変わらない。その明るさに救われて、少し申し訳なく思いながら尋ねる。

「来栖さんは、俺がどうして小説家になったかとか、聞いたことありませんか」

彼女は二年前に担当を引き継いだとさっき聞いた。だから小嶋奏汰が小説を書き始めた頃のことは知らないかもしれない。

大学在学中に「悪夢大賞」という、わりに歴史のあるホラー小説の賞を受賞し、作家デビュー。それから十年、幽霊の登場するホラー小説を書き続けている、というのがエゴサーチして判明した小嶋奏汰の主な経歴だった。小説家になっていただけでも驚きなのに、書いているのがホラー小説だとは。まるで自分のこととは思えなくて、少し気味悪くさえあった。高校に入学するまでの自分は、サッカーが好きだった。それに映画。小説を進んで読んでいた記憶はない。

『ええと……公式のプロフィールには「『悪夢大賞』っていう名前が気に入って応募した。小説はそれまで書いたことがなかった」とだけ書いてますけど……』

「けど？」

『前任の担当から、先生が小説を書くことになったきっかけは、もとを辿れば高校の時に弟さんを亡くしたことだと、聞いたことがあります』

来栖の言葉に、頭をガン、と殴られたような衝撃があった。スピーカーの発する音が遠のき、空虚が胸を支配する。

弟――陽向の死を知らされるのは、目覚めてから二度目だった。

長野に戻った母が病床へ電話をかけてきた時、奏汰は初めてそのことを知った。東京に残って看病ができないことを詫びた母は、奏汰が早く良くなるよう陽向の墓前で祈ったと話した。その後、携帯が手から滑り落ちた。動揺を悟られたくなくて、しばらく声が出せなかった。その後、記憶喪失について聞かれ、徐々に回復していると嘘を吐いた。これ以上母に心配をかけたくなかったからだ。

母との通話を終えてから、中学時代の友人に電話をかけた。彼は突然の連絡に大いに驚き、その後、知りたかったことを教えてくれた。三つ下の弟、陽向は彼が十四歳になった夏、病院で息を引き取っていた。

弟の死は、幼い頃からずっと覚悟していた。陽向は入退院を繰り返していて、彼の病《やまい》の影はまるで五人目の家族かのように小嶋家に居座っていた。十歳まで生きられるかどうかだという、大人たちの会話を漏れ聞いたこともあった。

だから事実を知った奏汰を襲ったのは、驚きではなく、純粋な強い痛みだった。遅れて、陽向を亡くしたことすら忘れているなんて、自分は本当に記憶喪失なのだという実感がやってきた。病院のベッドで、少しだけ泣いた。

『……先生？　先生、聞こえていますか』

「ああ、すみません。……すみません」

来栖の声に現実に引き戻され、奏汰は慌てて謝罪した。何とか会話を繋げ、礼だけ言って電話を切る。

部屋に完全な静寂が戻ると、ワークデスクの椅子から立ち上がり、ソファに倒れ込んだ。籐で編まれた年代物のソファが、体重を受け止めて軋んだ音を立てる。

記憶を失っていて何も分からなくても、弟の死が自分を——小説を書き始めるほど——変えたと言われれば、その点だけはすんなりと納得できる。それだけ、陽向を好きだった。

喧嘩《けんか》はほとんどしたことがない。我慢ばかりの生活にわがままを言わない賢い子で、ひまわりのように明るい弟が、世界で誰より大切だった。何でも分け合う唯一無二の存在。激しく身体を動かせない彼に代わって虫を捕まえ、病院のベッドに並んで花の蜜を吸った。彼が通学できるときはいつも付き添い、ブラコンと揶揄《からか》われても気にしなかった。病室では一緒に何時間も動画を見、ゲームをして、強請られればサッカーボールを蹴ってみせてやった。

「にい、にい」とまるで猫の鳴き声のように自分を慕う弟の笑顔を見ると嬉しくて、一緒に外に出かけられた日には、彼に死が迫っているなんて何かの間違いだと思った。けれど急な容態の悪化や日々やつれる弟の姿に現実を突き付けられる。そんな日常を、やはりよく覚えている。

「そうか、陽向か……」

呟くと、寂寥感がふつふつとこみあげてきた。実際には、彼が亡くなってもう十年以上の月日が流れているらしい。降ってわいた悲しみを、どこへもっていけばいいのか分からなかった。

しんとした家の空気が、寂しさを増幅させている気がする。だいたい、東京での一人暮らしなのになんでこんな古い一軒家に住んでいるんだ、と毒づく。もっと気取っていて狭いマンションに住め。実家を思い出して余計に苦しくなるじゃないか、と過去の自分に訴えてみても、答えは何も返ってこない。

ソファにうつぶせになったまま、携帯を手に取った。そして、放置していた画面上部の不在着信通知をクリックする。四日前、おととい、昨日と、母から着信がある。親指で母の番号を選択したけれど、寸前で発信を止めた。通話の代わりに、ごめん、ちょっと忙しい、身体はよくなってる、とメッセージを送る。

今、母に電話をすれば、ありのままの不安をぶちまけてしまいそうだった。

「またここで寝た?」

寝転がったまま悶々《もんもん》としていると、急に声がする。上半身を起こすと、食堂に高山が立っていた。頭にはいつもの黒キャップ、その下はTシャツにジャージ、ナイロンパーカーの格好でバックパックを背負っていて、帰宅したばかりのようだ。ラフな装いで右手にスーパーの袋を下げていてもどこかスタイリッシュなその八頭身は、目に眩しく、この古い家にも今の気分にもそぐわなかった。

「仕事してたんです、で、そのあと少し……」

別に責められるようなことではないが、何となくきまりが悪くて言い訳する。高山の言葉通り、この一週間はほとんどこのソファで寝落ちしていた。自分の寝室より、書斎の方が何故か眠れる。書斎は食堂と続き部屋になっているが、自分が寝ていても気にせず食堂を使ってほしいと、高山には伝えてあった。

「顔色が悪い」

言われて、奏汰は寝そべったまま左手で顔を覆った。情けない顔をしているかもしれない。いまだに距離を掴みかねているこの同居人に、弱みを見せたくはなかった。

同居は既に一週間続いている。高山は本当に三畳の納戸で寝起きし、日中は仕事に行って、食品や日用品の買い出しをして帰宅してくる。ほとんど在宅している奏汰が掃除と洗濯——といっても掃除機の使用は禁止され、軽いワイパーをもつことと全自動洗濯機の操作くらいではあるけれど——を請け負っていた。高山は存外忙しいようで、こちらがずっと家にいても顔を合わせることはあまりない。

朝、家を出る前は軽い筋トレとプロテインだけの食事をし、夜に帰ってくると風呂に入り、ついでに風呂掃除をした後ストレッチというのが彼のルーティンだ。あまり人付き合いはしないようで、日常は家と職場の往復を繰り返し、ＳＮＳの類《たぐい》もほとんどやらないという。最初のうちは、あまりにストイックなので、居候の身だから無理して品行方正に生活しているのではとも思った。けれど高山を観察するうちに、彼は関心の差が極端で、単に自分の興味があることのみ熱心に行っているのだと分かってきた。風呂はカラスの行水、食事はプロテインだけで済ませたりする一方で、大事だという枕を庭に干して、何分もじっと眺めていたりする。積極的に話しかけてくることはないけれど、書斎でＰＣに向かっていると、ひっそりとこちらを見ていることもあった。何となく、猫のようだと思う。大型の、宇宙から来た猫。

事前の宣言通り買い物係に徹し、恋愛めいた接触は一切してこない。リストのことも、話題に上ることはなかった。リストの実行というのは同居を押し切る方便で、あんな馬鹿げたこと、高山自身も本気でやるつもりはないのかもしれないと、思い始めている。

「何かあった?」

珍しく、高山が話しかけてくる。そんなにひどい状態に見えるのだろうか、と思うと、一層いたたまれなくなった。しっかり者の長男として育ったから、他人に心配されるのは好きではない。入院中はそこまで気が回らなかったが、日常に戻った今、高山の過保護さがだんだん鼻につき始めている。食堂に佇《たたず》む彼からネガティブな感情の気配を感じて、奏汰は唇を噛んだ。

高山について、気づいたことはほかにもある。買い出しを受け取って「ありがとう」と礼を言った時や、淹れたコーヒーを飲むかと聞いた時、彼はゆっくりと瞬きをする。それは多分、彼の喜びを表している。そのことに気づいてからは、喜び以外の感情も何となく感じ取れるようになった。無表情は変わらないけれど、後ろ姿から哀愁を感じて声をかけてみるとプロテインを床に零していたり、読んでいる漫画が悲しい結末を迎えていたりする。

静かな表情の奥で、彼の感情は存外目まぐるしく動いているらしい。彼の本質は、納戸でいきなり感情を爆発させた姿の方が近いのかもしれないと思うようになった。高山の感情が感じ取れるようになっていく過程は正直面白かったけれど、今はその能力が恨めしい。

「何も。……すみません、ちょっと仕事のことで考え事があるので、今……」

彼の顔を見ずにそう言って、一人にしてほしい、と遠回しに訴える。

「寝てていい。買い物行ってくる」

「え？」

奏汰は思わず彼を見た。その右手のレジ袋は何なんだ、とつっこみたかったけれど、黙っていることにする。彼が何度買い物に行こうが、それがこちらを気遣ったなにがしかの方便だろうが、今はどうでもいい。一人になりたいと強く思う。

「夕飯、俺が作る」

そう言うと、高山は踵《きびす》を返した。腹は減っていない。でも、それを伝えることすら億劫《おっくう》で再びソファにひっくり返った。高山の足音が、書斎とつながった食堂を抜け、玄関へ続く廊下へと遠ざかっていく。古い家特有の床が軋む音は、実家を思い起こさせる。一人になりたい気持ちに反して、家の中に自分以外の誰かの気配を感じると、不思議と落ち着く。

奏汰はだらしなく仰向けになって、玄関のドアが閉まる微かな音を聞いた。

「カレー作る」

三十分ほどで再度帰宅した高山は、ソファに転がったままでいた奏汰を見るなりそう宣言し、炊飯器をセットしはじめた。

「カレー？」

「そう、リストの六番目」

言われて、あの忌《い》まわしいリストの内容を頭に呼び起こす。高山の言う通り、カレーを作る、という項目があった。確かに、恋人といちゃつきながら料理するというのは、高校生には分かりやすく甘い夢だ。キスや手繋ぎといった項目に比べれば、手も付けやすい。

けれど、今日じゃない。高山にリストを実行する気があったことに驚きつつ、奏汰は上半身を起こした。

「すみません、今、そういう気分じゃなくて。腹も減ってないし。今度、また日を決めてやりましょう」

他人と楽しく会話する気力が今はない。放っておいてほしい。出来るだけ雰囲気を壊さず断ろうとした奏汰に、高山はあっけらかんと言った。

「俺が作るから、寝てていい。それでリストはひとつクリアできる。俺が出て行く日が近づく。その方が良いでしょ」

言外に、自分の存在をうっとうしく感じているのではないかと指摘され、奏汰は言葉に詰まって視線を逸らした。高山の助力に感謝している。それは本当だ。出来るだけ丁寧に接しているつもりだったが、本音は隠せていなかったらしい。

「そんな、ことは……」

「記憶を失くして俺が誰だか思い出せないんだから、そう思うのは当然。無理はさせたくないけど、カレーなら少しは食欲がわくかもしれないと思ったから」

「え？」

付け加えられた言葉に、奏汰は高山の顔を見た。

「奏汰さん、あんまり食べてない」

レジ袋からトマトを取り出しながら、淡々と彼は言う。ここ一週間あまり顔を合わせなかったので、高山は気づいていないと思っていた。

ここのところ食欲がない。もともと大食いではないが、退院してからというもの、食事が疎《おろそ》かになっている。料理は得意な方だが、作る気にならない。何となく高山に知られたくなくてネットで注文した栄養補助食品も、結局はあまり口にしないままだった。

「……ルー、使わないんですね。うちの実家もそうだったな」

反論できずに視線を彷徨《さまよ》わせた奏汰は、キッチン台に載せられていく食材を見て話を誤魔化した。ひき肉にニンニクとショウガ、あとは缶に入ったカレー粉。野菜はトマトと蓮根に玉ねぎだけだ。

カレーというのは、結構その家々によって違うものだ。実家では、具材は冷蔵庫の余り野菜や缶詰など、何でも入れる。胃腸の弱い陽向のために、油分の多い市販のルーを使わないのが、小嶋家のカレーの特徴だった。

高山が作業に取り掛かり、野菜を刻む音が書斎にまで響いてくる。奏汰は背を向けたまま、知らず知らずのうちに耳をそばだてていた。やがて漂い始めた玉ねぎを炒める香りをかいだ瞬間、「家」だ、と感じて泣きたいような気持がこみあげてくる。思ったより自分は弱っているのかもしれない。落ち着かなくなってソファから降りると、台所に立つ背中に声をかけた。

「俺も、何か手伝います」

「出来たら起こすから、寝てて。寝不足でしょ」

顔だけ振り返った高山に、奏汰は無理矢理口角を引き上げてみせる。

「いや、むしろ無職だから寝すぎてるくらい」

「嘘。隈《くま》までできてる。……眠れないのって、不安だから？」

平気なふりを装おうとしたのを真っ向から否定され、かちんときた。ひとつため息を吐いて、苛々《いらいら》と床を睨む。

「そりゃ、多少は不安にもなるでしょう。仕事の内容も、東京の友達も、何も覚えてない。何もできない。ずっと記憶が戻らなかったらどうすればいいのか、考えたら安眠できるわけがない」

「家族には話した？」

唐突にそう聞かれて、奏汰は俯いたまま目を瞬いた。確かにこういう時は家族に相談するのが「普通」なのかもしれないけれど、自分にそんな選択肢はない。

何も返せずにいると、答えを察した様子の高山が口を開いた。

「俺が電話しようか」

思いもよらない提案に、奏汰は顔を上げた。確かに、高山は母と知り合いだから、やろうと思えば簡単にそうできる。けれどそんなこと、想像したくもなかった。

病室で聞いた、母の押し殺した嗚咽が頭を過る。

「やめてくれ。迷惑かけたくないし、無駄に不安にさせたくない」

「迷惑なんかじゃない、家族なんだから」

思わず声が大きくなると、高山も声を大きくして思いのほかはっきりと反論してくる。

高山が包丁をまな板に置き、身体ごとこちらに向き直った。長い前髪の下から見つめてくる瞳のゆるぎなさに、苛立ちが増幅する。

「俺の家族のことは、高山さんには分からないでしょう」

家族、と口にした途端、幼い頃の自分に戻る。小嶋家は陽向の病でいつも不安に揺れていた。少しでも自分の心配事や悲しみを持ち込めば、バランスが崩れてしまう。家族みんなが明るく振舞って、できることをし、支え合って過ごしてきたのだ。

陽向の笑顔を守ること、家族に心配をかけないこと、頼れるお兄ちゃんでいること。それが何よりの願いで、心の支えでもあった。

十四年分の記憶がない。いつ戻るか分からないし、元通りになる保証もない。仕事がどうなるかも分からない。そんなこと、両親に話せるわけがない。知り合って半年の高山に説明しても分からないだろうし、話す気もないけれど。

大きくうねる感情を辛うじて飲み込みながら視線の先の男を睨みつける。こんなふうに感情をぶつけることになるのも、嫌だったのに。

高山はたじろがなかった。ただ前髪をかきあげ、ガシガシと頭を掻く。前にも見た仕草だった。髪から手を離した彼が、睨み返してくる。そのままゆっくりとこちらに歩いてくるその姿には妙な迫力があり、奏汰はたじろいだ。

「分かった。じゃあ、俺に迷惑かけて」

「え？」

「俺に愚痴《ぐち》って、もっと不安にさせて。食欲がないとか寝付けないとか、俺には隠さないで。奏汰さんが親に言えない分、全部俺にぶちまけて、俺に頼って。約束できるなら、俺も勝手に連絡しないって約束する」

高山はそう言い切って、見下ろしてきた。向かい合うと、拳二つ分、目の位置が高い。彼の影に覆われ、自分がひどく小さな人間になった気がした。

「い、みが……」

「食べられないなら食べられない、寝られないなら寝られないって教えて。俺に頼って。約束できるの、できないの」

高山が抗議を遮る。なんでそんなに偉そうなんだ、とは言えなかった。ほとんど泣きそうだった。一人になりたい。誰かに寄りかかりたい。矛盾する二つの叫びどちらとも、この男には聞こえているみたいだった。

何か言おうとして、何も言葉にならない。ようやく開いた唇から出た声は、ひどく掠れていた。

「どうして」

「奏汰さんのことが好きだから。奏汰さんが思ってるより、ずっと」

まっすぐな矢が飛んで来て、意地の霧を晴らしてしまう。心に刺さって、抜けなくなる。

退院してから、ずっと不安と隣り合わせだ。自分が記憶を失っているという事実を認識するたび、真っ暗な宇宙に一人で放り出されたみたいに感じる。眠れなくて、自分が撮ったはずなのに記憶にない写真を、何度も眺めてしまう。そんな時に、彼の足音や水を使う音、ドアを開け閉めする音を聞くとほっとした。一人で暮らしていたら、自分が世界のすべてに取り残されてしまったような恐怖に、押しつぶされてしまっていたかもしれない。

廊下の奥の自室より、書斎の方が玄関や家全体の物音が良く聞こえる。だからそこで眠っていた。高山の気配にすがっていたのだ。

彼のことを何も覚えていない。恋愛だってしたくない。「信用できないぞ」と囁く慎重な自分と「彼の目を見れば分かる、ただ受け入れればいい」と楽観的な自分。どうしていいかわからなくなり、いつのまにか、奥歯を噛み締めていた。鼻で息をして、気持ちが落ち着くのを待つ。ふうふうとみっともない鼻息を上げる奏汰の前に、高山は長身を少し屈め、気配を消すようにひっそりと立っていた。

見られたくないのを分かっているんだな、と思った。高山は、空気を読めないヤツじゃない。だからさっき踏み込んできたのは、わざとだ。

「……腹、減った」

ようやく口にできたのは、そんな言葉だった。

「奏汰さん」

「俺がやった方が早い。貸して」

恥ずかしさを誤魔化そうとして、つっけんどんな物言いになった。高山を押しのけてキッチン台の前に歩いていく。自分の手と剥きかけのレンコンをざっと水で洗い、奏汰はまな板に向き合った。

また、流されてしまう。必要ないと、彼を突き放せない。

「俺は？」

「トマト、洗って」

何事もなかったかのように手伝おうとする高山に指示を出し、蓮根の皮を剥いて乱切りにしていく。大人しくトマトを洗った高山に、あとは一人でやると言い渡すと大人しくこちらの作業を見ていた。共働きの家庭で育って、小学生の頃からカレーは何十回と作っている。まず玉ねぎ、ショウガとにんにくを炒め、次に蓮根を強く焼き付けていく。続けてひき肉を炒め、カレー粉を入れ、最後にトマトも加える。身体が覚えている工程をこなしながら味見をして塩を足し、少し考えてから冷蔵庫を開けた。

中農ソースを目分量で投入しながら、ふと思い至って背後の高山に声をかける。

「勝手に味付けしちゃったけど、口に合わなかったらごめん」

「奏汰さんが作ってくれるなら、何でもいい」

背後から覆いかぶさるようにフライパンを覗き込みながら、高山が答えた。急な接近に、フライパンの柄を握る手が揺れる。さっきの高山の、「好きだ」という高らかな宣言が頭を過った。

「俺のこと、何で好きなの」

口が勝手に動いた。高山が「え」とだけ発するのが聞こえたあと、自分が何を言ったかに気づいて、耳がかっと熱くなる。

「あ、なんでもない、いや、その、今、記憶がないから、気になったというか、悪い、急に何言ってんだ、俺」

もうほとんど出来上がったカレーを、闇雲にヘラでかき混ぜながらしどろもどろになる。高山の無言が、いたたまれなさに拍車《はくしゃ》をかけた。

「メシ、もう炊けたかな。……高山さん？」

この話題をなかったことにしようとフライパンの火を止めて、高山越しに、食卓の上の炊飯器を覗こうとする。しかし高山は真顔のまま突っ立っていて、微動だにしない。

「最初、危なっかしい人だな、と思った」

「へ？」

沈黙の間、彼が質問についてじっくり考えていたのだと分かるような、慎重な口ぶりだった。その視線は、遠い記憶を辿るようにどこか一点を見つめている。

「危なっかしい人だな、と思ったら、もう好きになってた」

呆気に取られて見つめる奏汰の目の前で、高山がゆっくり、本当にゆっくりと瞬く。その口元が微かに緩む。それがこれまでに見たことのない彼の笑みであることに、奏汰は気づいた。

言葉と同じくらい雄弁な彼の仕草に、今度は耳どころか頬まで熱くなる。奏汰は高山を押しのけ、炊飯器の前に立った。高山の顔が見られない。彼は確かに恋をしているのだと、見せつけられてしまった。微かな笑みが、まるで写真にでも撮ったかのように脳内に焼き付いて、離れない。

「皿、出してくれますか。その、頭の上の棚です。右側」

恋愛なんてしたくない、理由は分からないが、そう思っているのは本当だった。けれど今、高山の恋心を目の当たりにして、嫌な感じはしない。

先がどうなるかなんてわからない。いや、どうにもなるはずがない。でも、今だけは、高山の優しさに、甘えたい。不誠実だと分かっていても、どうしても、心の底から、そうしたくなってしまった。

高山はカレーをおかわりしてフライパンを空にすると、洗い物は任せろと流しに立った。奏汰はその背中を見ながら冷蔵庫に残っていた缶ビールをソファに持ち込み、水と食器が立てる家庭的としか言いようのない音を聞いていた。満腹感と、ずっと張りつめていた神経がゆるんだ後の疲労感と安堵に眠気を誘われ、うとうととしながら高山といくつか言葉を交わした気がする。記憶にあるのはそこまでだった。

カーテンを引き忘れた掃き出し窓から朝の光がさんさんと差し込み、まぶたを刺激する。さわやかな鳥の囀《さえず》りが、だんだんとはっきり聞こえてくる。朝だ、とまどろみから覚醒すると、鳥の鳴き声に混ざる不規則な音を耳が認識し始めた。ふっ、ふっ、という生々しいそれは、耳を澄ましてみれば人の息遣いで、奏汰は眉根を寄せ、ソファの上で恐る恐る目を開いた。

視界に映るのは見慣れた壁に仕事机、いつもの書斎兼居間だ。しかし聞き慣れない、荒い息遣いが止むことはない。若干の恐怖を感じながら上体を半分だけ起こして視線を彷徨

わせると、ローテーブルの向こうに上下する大きな背中を見つけた。

「高山さん……？」

思わず呼びかけると動きを止め、立ち上がってこちらを見下ろす。

「起きたんだ」

「腕立てですか？　いや、どうしてここで腕立てを？」

ぽかんとして、見れば分かることを聞いてしまい、慌てて聞き直す。高山が身体を鍛えるのに熱心なことは知っているけれど、この部屋でトレーニングしているのは見たことがなかった。

「奏汰さんが、どこにも行くなって言うから」

「は？」

「俺が部屋で寝た方がいいって言ってもここで寝るって言い張って、俺が出て行こうとしたら行くなって言った」

だからここにいた、これは日課の筋トレ。淡々と答える高山に、絶句《ぜっく》する。自分が彼を引き留めたなんて、そんな甘えた言葉を吐いたなんて、信じられない。

「いや、そ、だからって、ずっと？　今何時、え、寝た？　どこで？」

何とか口を開いても、動揺でうまく舌が回らない。高山が無言で指さしたのはソファの足元のラグだった。この部屋は畳敷きだからフローリングよりクッション性が高いとはいえ、一晩を明かすのに適しているとはとても言えない。

「……勘弁《かんべん》してください。そんな、酔っぱらいの戯言を真に受けないで……」

恥ずかしさに声が細る。高山は特に意に介した様子もなく壁の時計を見て、こちらを振り向く。

「は？」

「奏汰さんが甘えてくるなんて激レアだから興奮した。時間ヤバいからそろそろ行く」

涼しげな顔でとんでもないことを言い置いて、高山が部屋を出て行く。

絶句した奏汰は、玄関のドアがバタンとしまる音でようやく我に返った。ソファにひっくり返り、両手で顔を覆って、叫び出したい気持ちをこらえる。ビール一缶くらいで、何をやっているんだ、何を。リスト実行を持ち掛けた時も酔っていたらしいから、当分禁酒した方がいいのかもしれない。脚をじたばたさせたあと、大きく息を吐くと、身体が思いの外軽いことに気づいた。掌の下で目を瞬いて、むくりと上半身を起こす。

醜態《しゅうたい》を晒《さら》した羞恥《しゅうち》をいったん脇に置けば、久しぶりの、さわやかな目覚めだった。高山の言う通り、よく眠れたのだろう。身体がすっきりと軽く、そうなると心も自然と前向きになってくる。

何事も、なるようにしかならない。もし記憶が戻らず、小説が書けないままなら別の仕事をすればいい。昨日までの憂鬱はどこかへ消え、そんなふうに思えてきた。友人のこともそうだ。思い出せなければもう一度知り合いなおせばいい。高山と、そうなったように。

遊び人だったらしい過去の自分が、高山に「リストをやったら付き合う」なんて冗談みたいな条件を突き付けたのは、体よく交際を断るためだったのではないかと考えていた。

でももしかしたら、そうじゃなかったのかもしれない。恋愛から遠ざかりながらも、高山のことは気になっていたから、彼と、そして自分自身を試すようなことを敢えて口に出したんじゃないか。そんなふうにも思えてくる。

きっと、今の自分と同じで、高山を拒み切れなかった。高山は生意気で強引で、困惑することもある。けれどマイペースな分、彼の示す好意や誠実さに、嘘はないだろうと信じられる。

奏汰さんのことが好きだから、とまっすぐに言い切った昨夜の高山の顔がまざまざと思い出され、一人頬を赤くする。高山のペースに呑まれている。一緒に居たら好きになりそうで怖いか、と冗談めかして聞かれたのはたかだか一週間前なのに、今はもう笑い飛ばせないかもしれない。

頭を切り替えよう、と勢いをつけてソファから立ち上がった。ひとまず朝食を、と台所兼食堂への敷居をまたぐ。キッチン台の前に立つとあたりにはまだ濃くカレーの香りが漂っていて、ふとガスコンロを見ると昨日のままフライパンが載っている。

洗い忘れか、と蓋のされたフライパンを持ち上げるとずっしりと重く、慌てて中を見るとそこには昨日高山が食べ尽くしたはずのカレーがなみなみと入っていた。

「え？」

昨夜の食事は幻だったのか。それともまた、記憶を失ったのか。恐ろしくなって周囲を見回すと、ダイニングテーブルに置きっぱなしの携帯が目に入る。助けを求めるようにそれを手に取ると、高山からメッセージが来ていることに気づいた。条件反射でタップすると、「言い忘れた。カレーもう一回作った。食べて。今日もよく寝て」とある。

そのメッセージとフライパンの中のカレーを数度見比べて、奏汰は床にへたり込んだ。

「勘弁してくれ……」

酔っ払って眠りこける自分と、深夜にひとりカレーを作る高山の姿が頭に浮かぶ。記憶を失っていなかったと分かって、ひとまず安堵した。そして少しの気恥ずかしさとともに、言い様のない温かさが胸を満たす。高山のすることはいつも予測外で、こじ開けるように心の中に入ってくる。けれどそれが、嫌ではない。記憶を失い、空っぽになった心の中に、いつのまにか高山の場所ができている。奏汰は携帯を手に持ったまま、天を仰いだ。

海のない場所で育ったから、潮《しお》の香りは特別なものに感じる。

うららかな春の午後、奏汰は大きく海辺の空気を吸い込むと、高いコンクリートの壁に背中を預けた。携帯電話を取り出し、カメラを起動する。雲ひとつない空にレンズを向け何回かシャッターを切ってみたものの、撮れた写真はあまり気に入らず、フォトログに画面を切り替えた。

自分のアカウントのトップに表示されているのは、一皿のカレー。レトロ感漂うモスグリーンのテーブルと、モダンな黒いカレー皿の対比がお気に入りだ。

記憶を失くしてから、初めて写真を撮った。二度目のカレー、とキャプションには書いた。何気ない食事風景は、これまでの——記憶喪失前の自分が撮った写真に、特に違和感なく並んでいる。最近は眠る前に、この写真をよく見ている。目を細めた奏汰は、近づいてくる足音を聞いて、画面を消した。

「仕事、本当に大丈夫だったのか?」

入場券を手にして窓口から戻ってきた高山に、奏汰は聞いた。人影まばらな平日の水族館で、深くキャップを被っていてもその八頭身はひどく目立っている。あたりの客が男女問わず彼に視線を投げているのに気づいてしまい、落ち着かない。当の本人は周囲の注目などまるで意に介さぬ様子でうなずいた。

つい十分前、海辺に立つ水族館の前に、高山は車で現れた。大型バンのスライドドアから降りてきた彼は、助手席から身を乗り出したスーツ姿の男に何度も引き止められていた。待ち合わせより幾分前に到着していた奏汰は偶然、その一部始終を目撃することになったのだ。

一緒に暮らし始めてひと月ほど、奏汰の知る限り高山には一日も休みがなかった。出勤時間は早朝だったり昼過ぎだったりと不規則で、帰宅時間もそれと同様、夕暮れ前に戻ってくることもあれば、日付をまたぐこともあった。土日も出勤しているし、一般的な会社勤めとはかなり異なった勤務形態のようだ。家にいる時も仕事関係と思しき資料を手に、何時間も納戸にこもったりしている。映像業界のことはほとんど知らないが、随分忙しい仕事なのだと驚き、そんな彼が入院中、ほとんどつきっきりでいてくれたことに改めて恐縮してしまった。もしかしたら連続出勤は、つきそいで無理に休んだ代償なのではと恐る恐る聞いたけれど、彼曰く「仕事はいつもこんなもん」らしい。

休みがないのだから「水族館に行く」なんてまるで無理なのでは、と何気なく言ったら、日時と場所を指定され、仕事帰りの彼と待ち合わせることになった。仕事帰り、と言ってもまだ午後二時である。都心から電車で一時間、ローカル線を乗り継いだ先にあったのは、関東圏では有名な観光施設でもある、江ノ島水族館だった。多分土日なら、デートするカップルと休日を楽しむ家族連れでごった返しているだろう。

「行こ」

さりげなく腕に触れられ、奏汰はそちらに意識が行かないよう、入り口に視線を投げた。彼との距離は少しずつ縮まっている。カレーを皮切りに、何回か食事を共にしたし、一緒に買い物に出かけたりもしている。今のようなさりげないボディタッチが増え、交わすやり取りもずいぶん気を遣わないものになった。高山の口数は相変わらず多いとは言えないけれど、沈黙も苦にならない。

「ショーとか見る？　イルカがすぐに始まるっぽい」

「いい」

入口に大きく表示されたタイムスケジュールを凝視する高山に、奏汰は正直に答えた。水族館に、あまり良い思い出はない。こんな機会でもなければ、自発的に来ることはなかったと思う。高校生の自分は、どうしてわざわざ水族館をリストに入れたのだろうか、という疑問がふと過る。単に、メジャーなデートコースとしてだろうか。

「水族館、大丈夫？」

「え？　俺？」

驚いて隣を歩く男を見上げると、同じように高山が横目でこちらを見下ろしていた。

「大きな水槽も、暗いところも好きじゃないでしょ。部屋の電気、絶対に全部消さないし」

「別に」と答えたものの、心当たりがあってどきりとする。居酒屋の生簀は苦手だし、真っ暗な部屋では眠れない。ついでに言えば、海は綺麗だと思うが、同時に恐ろしさも感じる。試写会での出会いは、半年ほど前のはずだ。短いとは言えないが、決して長くもない期間で、どうしてこんなに自分のことを知っているのか不思議だ。

「高山さんは好きなの、水族館」

素直に認めるのが癪《しゃく》で、質問で返す。高山は周囲に視線を配りながら、何気なく言った。

「暗いとこで、手、繋げるか考えてた。リストもクリアできるし」

「えっ」

顔より大きく見える手を胸の前でひらひらとさせる高山に、奏汰の顔は引きつった。高山とは当初と比べて随分打ち解け、彼が望むなら、リストをこなそうという気にもなっている。ただ、あからさまに恋人らしい行為をするのには、抵抗があった。

手を繋ぐくらいどうということはないと、頭では分かっているのだけれど、最近、高山との接触を妙に意識してしまう自分がいる。恋愛したくないと感じ、実際にそう宣言までしたのに、矛盾する心の動きに自分でも戸惑っている。

逡巡して口ごもっていると、高山はあっさりと引き下がった。

「じゃ、手はいいから、俺のこと名前で呼んで。今日だけでいい」

代わりに、唐突な要求が飛び出す。少し面食《めんく》らったけれど、それくらいならなんでもない。奏汰はほっとして口を開いた。

「葵さん?」

「さん付けいらない」

「あおい」

指示されるまま、三文字を舌に乗せる。その瞬間、びり、と電気が走ったように身体が震えた。懐かしくて泣きたいような気持ちが胸を駆け抜けていく。その感覚はすぐに消えてしまい、何が起きたのか分からずぱちぱちと目を瞬いていると、目の前の高山が硬直しているのに気づいた。表情を失い、こちらを見ているようだが目の焦点が合っていない。

「何、そっちが呼べって言ったんだろ」

「うん」

反応した彼の声が微かに掠れていて、何となく察してしまう。

「ひょっとして、前の俺もそう呼んでた?」

「……うん。ごめん、やっぱりいい」

高山――葵は俯いて、そう答えた。何かがつかえたように胸が軋む。頭では分かっていたけれど、初めて、彼の痛みを身体で感じた気がした。

お前のこと、忘れてごめん。あおい。心の中で、もう一度そう呼びかける。彼のことは何も思い出せないのに、葵という呼び名は、心にも身体にもしっくりと馴染んだ。

「行こっか」

葵はすぐに元に戻り、順路の矢印が示す方向へと身体を向ける。奏汰は大人しく、その背中を追った。


視界が水槽の青で埋め尽くされると、海の底に沈んだような気分になってくる。本物の海はこれより何倍も広くて深いのだと思ったら、怖くなった。

小一時間ほど歩き回って壁一面に広がる大きな水槽の前にたどり着いた奏汰は、両腕をそっと抱え込んだ。

長野には海がない。遠出のできない陽向の海に対する憧れは強く、死んだら遺骨を海に撒《ま》いてほしいと言い出して、母親を泣かせたことがある。それからしばらく、海が苦手だった。まだ生きている弟が、海に飲み込まれるような気がして。

「無理してない？」

隣に立つ葵にそう声をかけられ、奏汰は長身を見上げた。彼はマイペースなわりに、存外目敏い。気を遣われたのが分かって、少し恥ずかしくなる。

「大丈夫。ここまでも楽しかったし。ただ、ぶっちゃけ、なんで水族館をリストに入れたのかは謎だなって思ってる。こういうとこが好きなのは、どっちかっていうと弟だから」

誤魔化そうとしてつい、陽向のことまで喋ってしまったことに気づき、口を噤んだ。

「亡くなったっていう、弟さん？」

「奏汰さんから、前に聞いたことある。仲が良かったんでしょ」

母と知り合いなくらいだから、家族のことを話していても不思議はない。それなら少し気が楽だ、と息を吐いた。

「知ってるのか」

水族館と聞いて思い出すのは、数少ない陽向との喧嘩だ。喧嘩というよりは、陽向が一方的に怒っていたという方が近いかもしれない。

中三の秋ごろ、小六の陽向を海の恐竜の特別展示に連れていく約束をした。けれど当日になって、陽向が体調を崩してしまった。後日、外出できるようになった陽向と、約束通り水族館に行こうとしたら、陽向がごねた。水族館に行くため、奏汰が友人の誕生日会をキャンセルしたことを知ったからだ。陽向は水族館には行かないと言い張り、誕生日会に行かなければもう二度と口を利かないと啖呵《たんか》を切って、奏汰を家から追い出した。誕生日会は楽しかったけれど、その間中陽向の怒りが気になっていた。

——楽しかった？　歌うたった？　ケーキ食べた？

気まずさを抱えて帰宅した奏汰に、陽向はわくわくした顔で次々と聞いた。その時のほっとした気持ちを、今でも思い出せる。陽向は「ごめん」という言葉が嫌いで、謝らないし、謝らせない。弟が聞きたがるのは、いつだって兄の体験談だった。

——にいの話が聞ければ、俺も行ったみたいな気になる。

そう言ってベッドの上で無邪気《むじゃき》に笑う姿が、脳裏《のうり》を過った。陽向が病室を出られなくても、自分が陽向の目になって、耳になって、一緒にいろんな場所へ行った。

「やっぱり、イルカショーも見ればよかったかな」

もう土産話はしてやれないことを忘れてそんなことを口にすると、葵が腕時計を見た。

「次の回は一時間くらいあとだった気がするけど、どうする？」

「もう、いいかな。高山さんは、イルカ見たい？」

「俺は海に行きたい」

子供のように素直な答えが返ってきて、思わずふっと笑ってしまう。この水族館は海に臨んでいて、水族館の中でも外でも、結構な頻度で視界に浜辺が映り込む。合流してから葵はずっと、海の方をちらちら見ていた。

「ここまできたら、そうだよな。行くか」

「海でのデート、ずっと憧れてた」

葵がさらりと呟くのに、どきりとする。付き合えなくてもいいと言った割に、彼は「恋人候補」のスタンスを崩さない。そしてそれを、まんざらでもないと感じ始めている自分がいる。けれど何でもないふりをして、「喉、乾いたな」と受け流した。

見渡す限りの水平線と、ゆっくりとそこへ近づいていく太陽の姿は雄大だった。青と黒のまじりあった水面が、陽の光を反射して輝き続けている。砂浜に座り、無心でそれを見ていると、自分は海で、にいは太陽だというようなことを、いつか陽向が言ったことを思い出した。海を温めるのが太陽なんだと微笑んだ顔が浮かぶ。自分もブラコンだが、弟も大概ブラコンだった。

陽向は海が好きで、海のいきものに興味津々だった。いきものと言えば恐竜にも夢中だったし、スポーツならサッカー、映画ならホラー、小説ならミステリー、陽向には好きなものがたくさんあった。翻《ひるがえ》って、自分は進んで何かに熱中することがあまりなくて、楽しいものをいつも陽向に教えてもらっていた気がする。

体育座りで抱え込んだ膝がしらに、鼻先を埋める。すると目の前にペットボトルが突き出され、遅れて声が降ってきた。

「もしかして、また弟さんのこと考えてる？　さっきとおんなじ顔してる」

奏汰は驚いて彼を見上げた。葵はペットボトルを押し付けて寄越すと、隣に腰を下ろす。

高い鼻が美しい線を描く横顔を見つめながら、奏汰は彼の観察眼の鋭さに舌を巻いた。

今日はどうしてか、陽向の影が付きまとう。恋人としたいことリストを実行しにきて、弟のことばかりを思い出しているなんて、本当のデートだったらマナー違反だ。

「あいつ海とか水族館とか好きだったから、何か思い出しちゃって。高山さんと出かけてるのに、ごめん」

「俺、一人っ子だから、想像しかできないんだけど。奏汰さんと弟って、兄弟だけど親友みたいだね。誰も間に割って入れないみたいな」

海を見つめる横顔が穏やかに呟く。親友、と奏汰は口の中で彼の言葉を反芻《はんすう》した。確かに、お互い一番近い場所にいて、誰よりも理解し合っていた。自分と陽向でしか、共有できない感覚があった。お互いを、海と太陽にたとえても違和感がないくらいに。

「ある意味ではそうかも。たまには喧嘩もしたけど。あいつ、怒ると怖いんだよな」

「喧嘩か。そういう時ってどっちが謝るの？」

掌で砂を掬い、それをさらさらとこぼしながら、葵が聞く。奏汰もつられて、砂を掴んだ。

「うちの場合、どっちも謝らなかった。陽向は謝らないし、俺が謝ると余計怒るんだよな。謝られるの嫌いだから、謝るなって」

――にいのことは、何でもすぐ分かる。

――だから謝らないで。にいが心の中でごめんって一回でも思ったら、その時俺はもう許してるから。

陽向はいつも、そんなふうに言った。そもそも、喧嘩は少なかった。玩具《おもちゃ》も菓子も、ひとつしかなければ陽向にやったし、陽向はそれをいつも分け合おうとした。陽向は三つも年下で、守るべき存在で、それなのに時々自分より大人に思えた。懐かしくて切ない。

指の間から砂がさらさらと零れる。会いたいな、と思う。

「弟さんのこと、本当に大事だったんだね」

葵の言葉はあくまで、さらりとしている。いつもの無表情がひどく心地よかった。すべてを受け流してくれそうで、溜まったものを吐き出したくなる。

「記憶が無くなって、弟が死んだときのことも覚えてなくて、だから実感がなくてさ。目を覚ましたら、もうとっくに死んだって聞かされて、すぐに理解はできたんだけど、感情が追いつかないっていうか……悪い、こんなこと言われても困るよな」

「……さっきも言ったけど、俺、一人っ子だからそういうのすげー羨《うらや》ましい。いいじゃん、何度思い出しても、悲しくなっても」

奏汰は目を瞬いた。葵はいつもしたいことをして、言いたいことを言う。きっと葵自身もそうするだろうと簡単に想像できる言葉は、すんなりと頭に入ってきた。

そうだな、と短く返して奏汰は再び海を見た。葵も黙って海を見ている。何度思い出してもいい。何度、悲しくなっても。また、海を見て陽向のことを思い出すことがあるかもしれない。きっとそのときは、この葵の言葉も思い出すだろう。そんな気がした。

「サッカーしよっか」

「え？」

柄にもない感傷に浸っていると、葵が唐突に沈黙を破った。どこから見つけてきたのか、空気の抜けかけた小さなボールを手にしている。サッカーという単語を聞いてボールを見ると、にわかに身体が疼いた。捻挫や打撲のため退院後は運動を控えていたが、もう動いてもいい頃合いだ。

ひしゃげたサッカーボールは思わぬ方向に飛ぶし、砂の上では正確なキックも難しいから、蹴り合うだけでそれなりに集中を要する。最初は奏汰の足を気遣っていた葵も、ペットボトルに当てたら一点、というルールを奏汰が考案した後は本気になり、最後には二人とも靴を脱ぎ捨てるほど白熱した。

葵はこちらの動きを読むのがうまく、リーチが長いので躱《かわ》すのが容易ではなかった。意外に負けず嫌いな一面をのぞかせた葵を、可愛いと奏汰は思った。サッカー部の先輩と後輩のような関係になれれば、と身勝手な願望が頭を過り、その隙に点を決められたりもした。

「結構うまいじゃん。経験者？」

十点目を決めた後、もう疲れたと砂浜にひっくり返った奏汰は葵を見上げて聞いた。

「俺は小学生の頃、少しクラブに入ってただけ。親に無理やりやらされてた」

「へえ、背が高いから、どのポジションでも重宝されただろ」

「小六までずっと小さくて、運動神経も悪かったから、いい思い出あんまりない。団体行動も苦手だし。奏汰さんとは正反対」

「運動神経悪いようには見えなかったけど。興味なかっただけだろ」

サッカーに、そしてもしかしたらサッカークラブの人間にも。彼の日頃のマイペースぶりを思い出しながら、口を挟む。葵がじっとこちらを見下ろした。

「かもね。奏汰さんはサッカーが大好きで、明るくて運動ができて、誰とでもすぐ仲良くなってチームの中心にいたタイプでしょ」

「見てきたように言うなよ」

大体は当たっているのが少し怖い。先にサッカーを好きになった陽向の熱心な勧めで小四のとき地元のクラブに入り、大勢に囲まれ、楽しくやっていた。けれど、同性が好きなことは誰にも言えなくて、恋人としたいことを密かに書き溜める、こじらせ高校生に成長したようだけれど。心の中でそう答えてふと、リストのことを思いだした。

「なあ、リストに、「サッカーをする」ってあったよな」

腹筋を使って起き上がり、砂浜に座りなおして奏汰は聞いた。しかし答えを待つまでもない。確かに、リストの二番目が、「サッカーをする」だった。葵は夕陽が眩しいのか、こちらを見て目を細めた。

「……じゃ、これで三つクリアか」

そう呟いて、サッカーボールをバックパックの上に置き、海の方へ歩き始める。

妙に真面目《まじめ》な口ぶりが、少し笑えた。「七のこと」と修正してあるのに項目は十あり、中には恐竜がどうとか書いてある、適当なリストだ。真剣に向き合うようなものじゃないと思う。けれど、わざわざ水族館に足を運んで、気持ちいい潮風を浴びている今のこの瞬間は、悪くない。サッカーのおかげで気分が晴れ、さっきまで悲しく見えていた海も、今はただ美しいと思えた。

達成目標が十にしろ七にしろ、進捗としては順調だ。この調子なら、夏が来る前にリストを終わらせられるだろう。そうしたら、葵との奇妙な同居生活も終わる。きっと、時間はあっという間に過ぎる。

いつのまにか夕暮れになり、辺り一面が赤とオレンジの混ざった光に照らされている。

いずれ離れるなら、今日という日も、この美しさも、何の意味もないんだろうか。そんな考えがふと頭を掠《かす》め、切なくなった。

「奏汰さん、来ない？」

海へと向かって歩いていた葵が、途中で振り返って名前を呼んでくる。浜辺で戯《たわむ》れる自分たちの姿を想像すると耐えられず、手をひらひらと振って一人で行けと促した。葵はそれでもしばらくじっとこちらを見ていたが、やがて再び波打ち際へと歩きだした。

遠ざかっていくその背中に何気なく目の焦点を合わせた瞬間、身体を電流が走り抜けた。今日、葵の名前を呼んでみた時と同じだ。懐かしさ、切なさ、そして痛みが襲ってくる。

葵は離れていく。いつか離れていく。急に湧き上がった感情が頭を支配する。

「あおい」

反射的に唇が彼の形に動くと、一層苦しくなった。どうして今こんなことを感じるのか分からない。パニックになりかけて、もしかしたらこれは過去の自分の記憶なのかもしれないと気づく。

自分は今、江ノ島に来て、葵といる。過去なんて知らない。襲ってくる痛みから逃げるように、奏汰はデニムのポケットに手を伸ばした。携帯電話を掴み出して、震える指先でカメラを起動し、目の前に構える。画面の中の葵は、こちらに背を向けたまま海を見ていた。

フレームに収まる葵を見つめながら、呼吸を繰り返す。

「そこ、もう一歩進んで、海の方向いて。そう、いい感じ」

ふざけたふりで声をかけると、裸足の葵が一瞬振り返り、また海を向き直った。

胸を刺す痛みから逃げるように何度も画面をタップして、続けざまにシャッターを切る。十枚以上撮影するうちに、痛みはどこかへ消えていった。ただ衝撃の余韻《よいん》は、しばらく消えそうになかった。

撮影を止め、腕を下ろす。今のは何だったんだろう、と半ば呆然としながら、砂浜に座り込んだ。

「その写真、フォトログに上げる?」

画面を見ながら撮った写真をチェックしていると、戻ってきた葵がそう聞く。意外な言葉に、奏汰は顔を上げた。

「俺がフォトログ使ってるの、知ってるんだ」

「奏汰さんのアカウント、ずっと見てる。事故のあと更新なかったけど、この前俺のカレー、アップしてくれたでしょ。嬉しかった」

さらりとそんなことを言う葵に、奏汰は赤面した。あの写真は日常を切り取っただけなのに、それを葵に見られたら、特別な意味を持ってしまうような気がした。

奏汰は再び携帯の画面に目を落とした。何枚も撮ったのに、葵の後ろ姿をとらえているのか、夕陽をとらえているのか、曖昧な写真ばかりだった。この一瞬のすべてを閉じ込めておきたい衝動が、にじみ出ている気がする。葵と離れたくないと、感じはじめているのが分かる。恥ずかしくなって画面を消した。

「その写真、アップして。俺と海に来たしるしに」

「え？　いや、これはあんまりよく撮れてないから」

　この写真を見られたら、葵に気持ちを知られてしまうかもしれないと、咄嗟に拒絶する。そして次に、考えすぎだ、だいたい、はっきりした気持ちなんてない、と自分に言い聞かせた。葵とは、リストが終われば同居を解消する。その予定だ。

「してよ。奏汰さんがまた俺を忘れても、それ見せて、これ俺だよって言えるから」

　続いた言葉に、葵の痛みと強さを感じて、喉の奥がぐっと詰まった。同時に、さっき彼の後ろ姿を見た時に感じた強烈な予感を思い出す。葵はいつか、離れていく。あれは、一体何だったんだろう。彼との未来はあるのか、ないのか。自分は今、どうしたいのか。

　今日一日で感じたことが多すぎて、何も整理できていない。これ以上葵の想いを浴びせられたら、おかしくなってしまうかもしれない。

「そんな顔しないで」

　視界の端で、葵の裸足が砂を踏む。そんな顔って、どんな顔だ。聞き返す前に、距離を奪われる。

「嫌なら避けて」

「は？」

　顔を上げると、額に何かが触れた。ぽかんとして、キスだ、と思った次の瞬間に、葵の身体が離れていく。避ける隙はなかった。

「四つクリア」

冗談のつもりか、そうでないのか、掠れ声で葵が囁く。奏汰は声も出なかった。

シャリシャリ、トン、トン。台所に包丁の音が響くと、俺って生活してんなあ、と思う。平和な無職生活に慣れつつある。振り返ると、大きないきものがいる空間にも。

「はい、リンゴ」

「ありがと」

皮を剥いて切り分けたリンゴを載せた皿を渡すと、感謝の言葉とともに額に温かい感触がある。びく、と肩が揺れたのに気づかれないように、奏汰はコーラをなみなみと注いだマグ二つを両手に持った。

海辺での不意打ち以来、葵はまるで自《みず》らに課していた禁を解いたかのようにキスやボディタッチを日常に織り交ぜてくるようになった。今のように額や耳の上に、何回も口づけられている。回数が重なっても慣れることができず、ただ年下の葵に動揺を悟られるのは癪だという一点で、何でもないふりを装っていた。

表面上は、「付き合うつもりがない」というスタンスを崩していない。けれど、葵に触れられるのは、嫌ではない。それどころか、このまま流されてもいいかもしれない、などと思い始めている。

海辺での写真は、迷った末にアップした。キャプションには、「江ノ島」とだけ書いた。今の自分の気持ちに従った結果だった。過去のことは分からない。でも今、目の前にいる葵を見て、自分の感じることに身を任せてみようと思った。恋愛をしないと決めていたことにも、恋愛に対する否定的な印象にも、いったん目を瞑ることにして。

「綺麗。奏汰さん、器用だよね」

皿の上のリンゴをまじまじと眺めた葵が、皿を手にしたままもう一度キスをしかけてくる。押し返したくても、両手が塞がっていた。「早く運べ」と言って顔を背けると、葵の唇が追いかけてきた。

「暴れるとコーラ零れるよ」

その言葉に反射的に動きを止めると、額、鼻の先、そして頬に、ゆっくりと唇が押し当てられる。奏汰は硬直したまま、「させてやっている」という態度を装って、上がる息を殺していた。

こんなの恋人も同然じゃないかと、もう何度も感じている。その一方で、海辺での出来事もまた、何度となく思い出していた。あの瞬間の別れの予感と胸の痛みはあまりに鮮烈で、忘れることができない。過去の記憶の、フラッシュバックというやつだろうか。だとしたら、どうして葵相手に別れの予感なんて感じるのかが分からない。

葵とは、微妙な距離感の中にいた。恋愛はしたくないと言った自分を、葵は尊重してくれた。けれどなし崩しに、今みたいな接触を増やしてきてもいる。付き合うつもりがあるのか、約束通りリストを終えるまで、期間限定の恋人ごっこを楽しんでいるだけなのか、見分けがつかない。案外あっさり身を引きそうな気もする。

葵の接触は恋に慣れた人間のそれで、明らかに好意を伝えてくるけれど、決して一線を踏み越えない。今みたいにキスを繰り返しても、唇には触れてこないし、キス以上のことをにおわせてくることもない。そのことに安堵する一方で、少し物足りなく感じてしまう身勝手な自分もいる。自分から仕掛けてみてもいいのかもしれないなんて考えが、頭を過ることもある。欲望と不安の間を、一人行き来している。

コーラとリンゴを運んだ書斎のローテーブルには、宅配のピザがでんと載っている。水族館への遠足から一週間、今日は葵と映画観賞をする予定だった。

カーテンを閉め、電気を消すと、ソファの正面の土壁に大きな画面が浮かび上がった。この家にはテレビがない。映像を見る時は仕事用のPCを使っているのだが、二人で映画を鑑賞するには小さすぎる。リスト五つ目の項目「ホラー映画を見る」の実行にあたってそんな話をしていたところ、葵が職場からプロジェクターを借りてきてくれたのだ。

「わー、まじですごい。映画館じゃん」

奏汰はソファから背後を振り向いた。スツールに何冊か本を積み、高さを出した上に置かれたプロジェクターは、ほとんど新品に見える。

和室のレトロなインテリアの中にたたずむ最新鋭の機器というコントラストが面白く、思わず写真を撮った。

「これが余ってる備品ってすごいな。そういえば、映像関係の仕事って」

「あ、はじまる」

葵の仕事については、勝手に映像制作会社の技術系かな、などと思っているだけで、詳しく聞いたことがない。いい機会だと思い尋ねようとしたところで、今日のメインイベントが始まってしまった。

「これ、どのくらい怖い？」

「最近出たリメイクだから俺もまだ見てない。オリジナル版はそんなに怖くなかった」

葵が選んだのは、「マリナ１９９６」という、聞いたことのないホラー映画だった。映像業界にいるくらいだから、きっと映画が好きで詳しいのだろう。映画を見るのは昔から好きなので楽しみだが、少しそわそわもする。リストにホラーと指定があるから、ホラー映画を見ることは決定事項になっていたが、怖いものはあまり得意ではない。

高校生の自分は、お化け屋敷デートのようなつもりで、この項目をリストに入れたのだろうか。怖いと言って、相手の腕にしがみつくのは、確かに王道かもしれない。もし今日、葵に抱き着いたら、何が起こるだろう。思わずそんな想像をし、浮かんだその先のイメージを慌てて打ち消す。そんな状態だったから、映画が始まるなり葵が肩に腕を回してきたのに、危うく声をあげそうになった。頬がじわじわと熱くなり、この映画鑑賞がただでは終わらなさそうな予感がする。

物語の舞台はポーランド。マリナという若い女性が夢の中で過去へとタイムスリップするのだが、少女に戻った彼女の周囲で次々と人が死んでいくという筋書きだった。

確かに登場人物はどんどん死んでいくのだが、幻想的な画作《えづく》りで、今のところそれほど怖くない。それは良かったが、回された葵の腕がずっと密着しているので、作品がもたらす恐怖とは関係なく、脈拍が上がり続ける。あまり鼓動が早くなると、葵に気づかれそうで落ち着かなかった。

出来るだけ映画に集中しようと画面を見つめていると、主人公の少女が振り向き、誰もいない廊下が映ったところで肩から二の腕をそっと撫でおろされ、奏汰は息を呑んだ。

「っ」

「今のとこ、怖かった？」

身体がびくりと揺れ、葵に聞かれる。違う、お前が急に撫でるからだ、と文句をつけようとして、すんでのところで思い留まった。映画を怖がるのとスキンシップにびびるのは、どちらがより恥ずかしいだろうかと束の間逡巡し、選択する。

「ジャンプスケア、来るかと思って」

「確かに、オリジナルはそうだったかも。奏汰さん、ホラー詳しい？」

画面を見たまま、感心したように葵が言う。その左手は相変わらず、奏汰の肩を緩慢《かんまん》に撫でていて、奏汰は努めてそこから意識を逸らした。けれど、シャツ越しに肌の上を滑る葵の長い指の感触を、妙にはっきりと感じてしまう。

「ホラーはあんまり。弟はめちゃめちゃ詳しかったけど……」

答えながらも、葵の手の動きが気になって仕方がない。彼はごく自然に振舞っている。その手を振り払うのは、自分ばかりが意識しているように思えてできない。我ながら、下らない年上のプライドだ。膝の上できゅ、と手を握り締めた。

「怖い？」

その仕草に目敏く気づいた葵の手に力が入り、肩を抱き寄せられる。身体の右半分が葵に密着して、心臓が跳ねた。葵の長い腕やしっかりとした肩、そして体温を肌で感じ、奏汰の頭は機能停止寸前だ。外見が整いすぎていて、遠目に見ると血の通わない人形のように感じることもあるが、触れてみれば確かな熱を持っている。微かに感じる葵の呼吸、さっきと同じに肩を撫で始めた手に、全神経が集中してしまう。

これでは映画どころではない、と肩に回った葵の腕を睨み、思い切ってその手首を掴む。すると葵がくるりと掌を回転させ、ふざけるように頬に向かって指を伸ばして来た。

その瞬間、何かがふわ、と香る。ウッディで、さわやかな香り。途端にどくんと胸が鳴

り、腹の底がかっと熱くなる。このにおいを知っている、と身体で感じた。

触れたい、触れられたい。そんな直接的な欲求が湧きあがり、久しぶりすぎる感覚に戸惑って反射的に葵の手首を離す。すると自由になった掌でゆっくり頬を撫でられて、再び漂った香りにまた、熱を煽られた。香りひとつで、こんなふうになるのは初めて――記憶にある限りでは――だ。香りと、身体の反応が結びついている気がする。

動揺が伝わっているんじゃないだろうかと恐る恐る葵の顔を見ると、その視線はまっすぐに画面へと向けられていた。安堵しつつも、一人興奮している自分が道化のように思えてくる。

なんとか欲情を鎮めようと、自分も画面に向き直った。前半とは打って変わってグロテスクな場面が続く映画を、どこか上の空で眺める。

死体の散らばる白い部屋で、大人の姿に戻った主人公一人が鉈《なた》を振り回し続け、やがてコマのように回転しながら、映画は終わった。スタッフロールが流れ始め、葵が肩に回していた腕を外してリモコンを手に取る。奏汰はようやく息を吐いた。

「もしかして怖すぎた？　後半グロかったし」

「え？　いや、面白かったよ。画がいいよな。主人公が夢だと思ってるのが現実だって、カットの切り替えで見せていくところとか、気持ち良かったし」

お前に欲情したのを誤魔化すのに必死だったと言えるわけもなく、思いつくまま感想を並べる。ソファの上で伸びをしながら、さりげなく葵との間に距離を取った。もう、あの香りをかぎたくない。

「どうした？」

けれど葵が、動物の本能で察したみたいに追ってくる。奏汰は咄嗟に右腕を伸ばし、近づいてくる葵の身体を押し留めた。

「え？」

戸惑った葵の顔を見て、奏汰ははっとした。あからさまに拒絶してしまい、妙な空気が流れる。

「いや、違くて。ええと、何か、いつもと違うにおいが」

しどろもどろになって、結局核心に触れてしまう。葵は一瞬ぽかんとして、その後、あ、と自分の左手首を鼻に近づけた。

「香水かな。自分しか分かんないくらいにしかつけてないつもりだったけど、くさい？前に奏汰さんが選んでくれたヤツだけど」

奏汰は目を見開いた。確かに、かいだことのある香りだと感じた。

「いや、くさいとかじゃない」

とりあえずそう否定して、黙り込む。過去の自分が、葵に選んだ香水。何故その香りに、身体が反応するのか。気になって仕方がなくて、再び口を開いた。

「あの、さ、俺って、高山さんと、そういう関係はなかった……？」

「え？」

「つまりその、お試し的に……みたいなことって」

急な質問に怪訝な顔をした葵に、それでも確かめずにはいられない。遠回しな聞き方をしたけれど、葵はすっぱりと答えた。

「セックスならしたことない。俺は好みじゃないって、何回も言われた。合格なのは身長くらいだって。それと香水が、何か関係ある？」

「なっ」

衝撃の強すぎる過去の自分の台詞《せりふ》に、思わず言葉を失う。恐る恐る葵の表情を窺うと、視線を合わせた葵の目がすうっと細くなった。

「ちなみに、今の奏汰さんは？　やっぱり俺とはしたくない？」

低い声でとんでもないことを聞きながら、今度は葵の方が顔を覗き込んでくる。急な接近に、息が止まりそうになった。狭いソファに逃げ場などない。プロジェクターの光だけが照らす暗がりの中で、はっきりと睫毛が見えるほど顔が近づいて、頭が真っ白になった。

頬に手を当てられ、目と目を合わせられる。葵の瞳は、どこか怒っているようにも見える。葵の行動はいつも読めない。

次の瞬間には、頬に唇を押しあてられていた。どっ、と心臓が大げさなくらい大きな音を立てる。

「ちょっと、何……」

「今の奏汰さんって、付き合うつもりがなくても、キスはさせてくれるよね」

そのままの姿勢で葵が喋るから、微かな動きでも唇が頬を掠める。そのたびにびりびりと、身体に電流が流れた。戸惑っているようなことを口にしつつも、分かっている。そして心は流れに身を委ねたがっていた。

再び唇が近づいてくる。唇へのキスを予感して、奏汰は視線を下げた。唇同士が触れ合えば、それを許せば、もう自分に言い訳はできなくなる。その予感に、鼓動が早くなる。

「……高山、さん？」

けれどいつまでたっても期待した感触は訪れず、奏汰はぎこちなく彼の名前を呼んだ。顔が近づきすぎて、表情は見えない。けれど望んだ彼の唇はすぐそばにあった。奏汰は少しだけ頭を持ち上げ、吸い寄せられるように自ら唇を近づけていった。自分から、キスをする。その興奮に、心臓が張り裂けそうなほど高鳴っている。

けれど次の瞬間、頬に触れている葵の手が強張るのを感じて、奏汰は咄嗟に動きを止めた。

「片付けよっか」

軽い声が響き、葵が逃げるように素早く上体を起こす。それは、自然と言えば自然な、けれど間違えようのない拒絶だった。

硬直している奏汰の前で、葵はまるで何もなかったかのようにソファから立ち上がり、天井から下がる照明のひもを引いた。カチッと音がして薄暗闇が去り、ぽかんとした奏汰だけが残される。自分は何か、勘違いしていたのだろうか。

葵は軽い戯れ以上のことを、する気はない。唇へのキスも、当然しない。その事実を突き付けられたようだった。

のろのろと立ち上がり、食器を片付け始めた葵に倣《なら》って食べかけのピザをしまい、プロジェクターを箱に戻す。葵の顔を、見ることができない。二人とも無言だった。

「これ、会社に返しに行って、今日は自分の家に帰る。明日、戻ってくる」

「え？　あ、うん」

プロジェクターの箱を手にしてそんなことを言い出した葵に、反射だけで頷いた。同居を始めてから、葵が自宅へ戻るのは初めてだった。住所は聞いているけれど、行くつもりはないのでうろ覚えだ。

今日は、これ以上一緒にいたくないということだろうか。明日、本当に帰ってくるだろうか。咄嗟にそんなことまで考えて、室温が急に下がったように感じる。生ごみを片付け、シンクで手を洗っていると、玄関のドアが閉まる音がした。

その晩は、よく眠れなかった。ベッドに入ってからも、葵のことが頭から離れない。目を閉じると肩や手、そして頬に、触れられた感触が蘇《よみがえ》った。そして目を開ければ、どうして唇にキスしなかったのか、なぜキスを拒んだのかと考えてしまう。答えの出るはずのないことばかりに思考を奪われ、眠りが遠ざかった。

口では好きだと繰り返す葵は、何かを隠している。そんな気がしてならなくて、浜辺での衝撃を思い出さずにはいられなかった。葵とは、いつか離れる。強烈な別れの予感は、これ以上葵には近づかない方がいいという、本能、あるいは過去の自分からの警告なのかもしれない。そんなことまで考えるうち、夜が明けていった。

重い身体で遅くに目覚め、一人で朝食兼昼食を取る。怠惰な無職生活だ。一通りの掃除を済ませ、その日初めて携帯電話を手に取ったところで、見慣れないものを見つけた。画面上、フォトログのアイコンに、通知を知らせるバッジがついている。

「なんだ、これ……」

フォトログ上で、メッセージがくることなんてほとんどない。何が起こったのだろうと思いながらアプリのアイコンをタップすると、二件のコメントが目に飛び込んできた。

『これって葵君ですか？』

『もしかして、世戸菖蒲《せとあやめ》のリア垢？』

どちらとも、海辺の写真へのコメントで、同じ人物が連続で投稿したものだ。葵の知り合いが、偶然見つけてコメントを残したのだろうか。こんな後ろ姿だけで、よく葵だと分かったものだ。世戸菖蒲っていうのは誰だろう。その人物――多分女性のアカウントだと、勘違いされているということだろうか。

コメントを投稿したユーザーのアイコンの写真には、小さくて良く分からないが男性が写っている。知り合いのようなら葵に聞いてみようかと、そのアイコンをタップしてユーザープロフィールを見た奏汰は、息を呑んだ。

さっきより大きく表示されたアイコンの人物は、葵だった。そしてアイコンどころか、そのユーザーの投稿した写真のほとんどに葵と思しき男性が写っている。一瞬、これは葵のアカウントなのかと思ったが、何か違和感がある。被写体となっている葵はどれもばっちりヘアメイクと、おそらく化粧もし、普段の姿からは想像もつかないようなファッショナブルな装いをしている。表情も妙に気取っていて、まるでアイドルかモデルのようだった。

よく似た別人か。背筋に寒いものを覚えつつ、ずらりと並んだ投稿の中から適当に一枚を選んで詳細を表示する。前髪をきっちりと上げて後ろへ流し、ブラックフォーマルに身を包んでいる葵のアップと全身の写真に、つけられたキャプションに目を走らせた。

『ジャパンアカデミー賞最優秀新人賞♡　葵君ほんとにおめでとう♡　#高山葵　#JAA2024授賞式　#葵しか勝たん　#無敵の184センチ』

「嘘だろ」

思わず画面に向かって話しかけてしまう。確かにそこには、葵のフルネームがあった。俳優、ということになっている。呆然としながら次々とチェックした投稿のどれにも、似たようなキャプションがついていた。

『秋の連ドラ、家庭教師役！　新しい葵くんまじやばい』『葵くん表紙のGAPS5冊買った♡♡』『葵くん、初主演映画公開おめでとう♡　十回見に行く!!』

キャプションを読んでから投稿された写真を改めて見ると、雑誌やテレビ画面、ネット記事の写真をそのまま流用した画像のようだった。携帯電話の小さな画面を埋め尽くす様々な葵と、乱舞《らんぶ》するハートマーク。

要するに、このアカウントの持ち主は、俳優・高山葵のファンなのだ。驚きのあまり、思考がほぼ停止状態になる。けれど指先だけは勝手に動き、フォトログの検索窓に「高山葵」と入力していた。検索結果の一番上に表示されたアカウントのアイコンをタップし、息を呑む。

「嘘だろ」

もう一度そう呟いて、まずは深呼吸する。高山葵公式というシンプルなユーザー名に続くのは、フォトログが本人と認証したユーザーに与える認証バッジ。プロフィールには「俳優」とだけ記載があり、フォロワー数は九十万人を超えていた。並ぶ写真は、ほとんどが出演作のプロモーションやブランド広告らしき、美しく整えられた葵の姿だ。小さな画面の中で、一分の隙もなく特別な存在感を発揮している。奏汰は思わず、目をぎゅっと瞑った。そしておそるおそる開いてみても、事態は変わってはいなかった。

どこか浮世離れして見える葵の写真群を閉じて、画面を自分の投稿に戻した。海辺にたたずむ葵の後ろ姿は、先週自分が撮ったものだ。この男が、俳優、しかも新人賞を取ったり、雑誌の表紙を飾るほどの芸能人なのか。まさかそんな、と思うけれど、今見た限りでは、どうやらそれ以外ありえない。寝ぐせ頭で前日の残りのポテトチャウダーを「全部食べていい？」と聞いてくるような男が。

最初の衝撃が落ち着くまで、たっぷり三十分はソファでぼうっとしていた。ようやく頭が現実を受け止めると、今度は別の疑問が湧いてくる。

このアカウントのファンは、どうやって、このフォロワーが五十人にも満たず、おそらく知り合いしか見ていないような趣味の写真アカウントから、葵を見つけ出したのだろう。そして、「世戸菖蒲」って誰だろう。奏汰はコメント欄からその名前をコピーし、今度はウェブで検索をかけた。すると、一重の切れ長な瞳が印象的な女性の顔が、検索結果を埋め尽くす。

「朝の連ドラ主演、まじかよ」

思わず声が出てしまった。そんな女性が、葵と何の関係があるのだろう。興味のままに、「世戸菖蒲」の後ろに続けて「高山葵」と打ち込んでみると、『世戸菖蒲(25)、最旬俳優・高山葵(24)と深夜の通い愛！』というヘッドラインが目に飛び込んできた。写真週刊誌のものだろうか。陳腐《ちんぷ》な見出しだが、登場人物が知り合いとなればインパクトは絶大だ。

検索結果をスクロールしていくと、二人が取り沙汰された記事がいくつも出てくる。挙《あげ》句《く》には、ニュースをまとめ、二人の関係を解説するページまであった。何度か熱愛が報道され、事務所も明確に否定していないことから、二人は半ば公然のカップルとして、世間に受け止められているようだった。若手人気俳優同士の熱愛。

これは本当に、この家に住み着いている葵のことなのだろうか。いつもジャージ姿で、三畳の納戸で寝袋にくるまっている、あの男の。

にわかには信じられないが、検索結果を埋め尽くす大量の葵の姿が、事実を突き付けてくる。ソファの上で、奏汰は唸った。

問題は、葵がどうして嘘をついていたかだ。いや、俳優が映像関係の仕事と自己申告するのは、厳密には嘘とは言えないかもしれない。でも、葵には素性を隠す意図があったと思う。

そして、恋人の存在。これも、葵が嘘をついたわけではない。ただ、言わなかっただけだ。今まで一度も葵の好意を疑わなかったけれど、彼の職業を知ると急に自信が揺らぐ。仮に葵の好意が本物だったとしても、その対象が自分一人とは限らない。過去の自分のように、同時に何人もの相手と付き合える人間は存在する。男性も女性も愛せる人間だって。

さっき画面越しに見た、一重の彼女の蠱惑的な笑顔を思い出す。実物を目の前にしたら、息もできないほど魅力的に違いない。彼女と並ぶ葵の姿を想像すると、胸がちり、と焦げついた。これじゃまるで嫉妬《しっと》じゃないかと、顔を左右に振って妄想を追い出す。

くらくらとする頭を、夜明けまで繰り返し考えていたことが過った。葵とは、これ以上一緒にいるべきじゃないのかもしれない。

携帯を握り締めたまま、動けない。これまで、不確かだけれど温かいものだと思っていた葵との関係が、急に恐ろしくなった。記憶を失った後、ようやく馴染んだと思っていたこの家が、舞台セットか何かのように感じる。独特な性格や、あの分かりにくい笑顔、怖いほどの誠実さもすべて演技で。ここで起こったこと何もかもが偽《いつわ》りからできていたのだとしたら。昨日この家を出て行った葵が、このまま二度と現れないなんてことも、あるのかもしれない。

古びたソファの上で縮こまる身体から、魂が抜けていくような気がした。

まだ梅雨前なのに、陽射しはほとんど夏と同じだった。小一時間走って汗をかいた奏汰は、額を半袖シャツの袖で拭いながら玄関のドアを開けた。

すぐにシャワーを浴びたくて、ランニングシューズのかかとを踏むようにして脱ぐ。玄関を上がり、食堂のドアを開けると目の前に大きな影が現れ、心臓が止まりそうになった。

「奏汰さん、出かけてたんだ。ランニング？」

「葵……」

このまま帰ってこなかったら、なんて考えて不安になっていた自分が馬鹿馬鹿しくなるほど、葵は当たり前のようにそこにいた。まだ昼間なのに、なぜ在宅なのかは分からない。帰宅直後なのだろう、バックパックが食堂の椅子に置かれている。上下ジャージで、被っていたキャップを取って髪をかき混ぜる葵。いつもと何も変わらない姿が、奏汰の目には未知のいきもののように映った。

記憶喪失直後、突然現れ恋人と名乗った見た目の良すぎる男を、宇宙人のようだと思っていたことを思い出す。あの時感じていた漠然とした恐怖は、彼と過ごすうちに消えた。けれど、掴んだつもりでいた彼の人となりが、まるで嘘かもしれないと知って、以前とは全く別の恐怖が今、胸にある。

　確かに、妙に目を惹く男だと思っていた。いつも目深《まぶか》にかぶっていたキャップ。欠かさないトレーニング。一か月も休みがなく、不規則な出勤と帰宅。俳優だと分かれば、何も不思議はない。分からないのは、どうして正体を隠しながら、この家に、自分のそばにいたのかということだった。

「できれば、俺がいる時に走ってほしい。何かあると怖いから」

「……足なら、もう治った」

「うん。頭では分かってるんだけど。でも、できれば階段には近づかないで」

　頭が爆発しそうだったから、走りに行った。けれど身体を動かしても、心のもやは晴れなかった。そして何の準備もできないまま、葵と顔を合わせてしまった。追及してやろうと思っていたのに、葵を見たら言葉が出てこない。

　そして、葵が与えようとするいつも通りの愛情を、受け止められもしない。

「今、汗かいてるからあんま近寄るな」

　短く言い捨て、彼の脇をすり抜けて流し台で手を洗う。

「奏汰さんのにおい、好きだけど」

　葵はいつだってマイペースだ。声が近づいてきて、焦って振り返るとすぐ後ろに立っている。何とも反応できずにいると、汗で額にはりついた前髪を、彼の指がそっとよけた。

宇宙人の指先は、火照《ほて》った肌にひんやりと冷たい。

「やめろ」

尖《とが》った声が出て、反射的に彼の手を叩き落とした。

「奏汰さん？」

困惑した声を聞いて、やってしまった、と思う。しかしすぐに、聞くなら今しかない、と考え直して口を開いた。

「俺に、隠してることがあるよな？」

葵が嘘つきだということも、その理由も、本当は知りたくないけれど、このままにしておくことはできない。恋人みたいに触れられれば、馬鹿みたいにときめく自分も。

不意を突かれた葵が目を見開くのを見て、ああ、と心の中で嘆息する。これは黒だ、と直感してしまった。葵は隠し事をしていた自覚がある。

「フォトログのアカウント見た。俳優なんだろ。熱愛中の彼女もいる。何で隠してた？」

「え？　いや、確かに俺は俳優だけど。熱愛中の彼女って何」

隠しようがないからかもしれない。職業を隠していたことは、あっさりと認める。葵から先ほどの動揺は既に消えていて、ただ困惑しているような様子だった。その反応に違和感を覚えたけれど、追及の手を緩めるつもりはない。

「いや、何開き直ってんだよ。映像関係の仕事なんて言いやがって」

「嘘をついたつもりはなかった。ただ、奏汰さんが記憶喪失になって、最初から俳優って言ったら警戒されると思って、黙ってた。俳優だって知ったら多分家にも上げなかったでしょ」

「そんなことは」

勢いで否定しかけて、言葉に詰まる。確かに、葵の予想には一理ある。ただでさえ、記憶喪失になったばかりでショックを受けていた頃だ。葵が恋人だというのも信じられなかったし、その上有名俳優だなどと言われたら、葵が知り合いだということさえ疑ったかもしれない。

「記憶失くす前も、俺が有名人だからって距離置こうとしてた。だから知られたくなかった。そういうのなしで、俺のこと見てほしかった。でも、結果的に奏汰さんを傷つけた。ごめん」

葵が長身を腰から折り曲げる。奏汰の唇は震えた。

「いや、見てほしいも何も、俺のほかに本命がいるんだろ。セトナントカっていう」

「世戸菖蒲のこと？」

「そうだよ！　高山葵のこと調べたら、知りたくもないのに出てきた！」

これじゃまるで浮気を責めているみたいじゃないかと思いつつ、自棄《やけ》になって怒鳴《どな》る。

葵は真顔になった。

「奏汰さん、それ、嫉妬？」

「……っ、違う！」

自分でも自覚しかけたことを指摘されて、恥ずかしさに大声で否定する。葵は両手でがしがしと頭を掻き始めた。大きな動作に、一瞬怯んでしまう。

「嬉しい。嬉しいけど今はまず誤解を解きたい。俺の本命は奏汰さん。奏汰さんしかいない。どうすれば信じる？」

手を止め、顔を上げてそう言った葵の目は、一見して冷静なように見えた。けれど妙な迫力が、全身から漂っている。その異様な雰囲気に、背筋がぞわ、と震えた。

「フォトログ見たんだっけ？　疑うなら、俺のアカウントで本命は奏汰さんだって宣言する。それで証明になる？」

「は？」

ちょっと待て。それはさっき見た、高山葵公式アカウントのことか。フォロワー数がもう少しで百万人に届きそうだった、あれのことを言っているのか。

頭が追いつかない奏汰の前で、葵はジャージのポケットから携帯電話を取り出して、何やら操作しだす。しかし途中で手を止めると、次はどこかへ電話をかけ始めた。

「シノさん？　フォトログのパスワードって何ですか？　先週変わった？　送って下さい」

短い通話の後、また携帯をいじろうとした葵の腕を、奏汰は思わず掴んだ。世界に向けて片思いを発信するなんて、正気の沙汰じゃない。いつも淡々として、ＳＮＳになんかまるで興味のない葵がすることとも思えない。何より有名俳優として許される行為じゃない。しかし今日の前にいる葵からは、何故だかそれを本当に実行してしまいそうな気迫が感じられた。

「ストップ、ストップ！　まて！　落ち着け！」

「俺は落ち着いてる。混乱してるのは奏汰さん。まあ、それは俺のせいだけど」

そう言った葵の指先が、動きを止めたのを見てひとまずほっとする。

「世戸菖蒲とは付き合ってない。事務所が否定してないだけ。証明が難しいけど、本当に何もない。プライベートの連絡先すら教えてない。俺の携帯見て」

そう言って、今度は携帯を押し付けてくる。これも演技で、詐欺師の偽装工作なのだとしたらお手上げだ。心理戦も頭脳戦も、自分には向いていない。

「奏汰さんが好き。奏汰さんしか好きじゃない、ずっと」

受け取るまいと握った拳を、携帯ごと両手で包み込みながら、祈るように葵は言った。思わず呻きそうになって、奥歯を噛み締める。

頭がおかしくなりそうだった。葵は何度も、好きだと口にする。態度でも行動でも、それを伝えてくる。とても嘘だと思えない。何より自分自身が、彼の言葉を信じたがっている。こんな状態で、どうやったら真実を見抜けるだろう。今だって、もっと触れてほしくて、葵の隠し事がどうでも良くなりつつある。

でも、あの海辺での別れの予感は常に頭の片隅にある。昨日、葵はキスを避けた。

奏汰は葵の手を振り払うと、ずかずかと食堂を横切り、書斎のソファにどんと腰を下ろした。背後から、戸惑う葵の気配がする。

「奏汰さん？」

「……セックス、してみるか」

葵に背を向けたまま、そう言った。追い詰められた頭が考えたのは、シンプルで馬鹿げた解決方法だった。

「は？」

「一回してみたら、案外どうでも良くなるかも。大したもんじゃない、俺なんて」

演技じゃないとしても、葵の好意が本物とは限らない。選び放題の人間が、簡単に落ちない相手にたまたま出会って、その珍しさに執着しているだけかもしれない。その相手が陥落するまでを、ゲームみたいに楽しんでいる。そんなことも、葵くらいの有名人になればあり得るように思えた。

「自分が何言ってるのか、分かってんの」

背後から、葵の冷たい声がした。奏汰は唇を噛んだ。頭のいいやり方でないのは分かっている。これまで葵との間に積み上げてきた、温かい関係を台無しにしていることも。でも、そのくらい追い詰められている。

「好きっていうのは口だけで、セックスする気はないってことか？　俺にはセックスが大事だって知ってるだろ。ＳＮＳじゃなくて、身体で証明すればいい」

背もたれに肘を置いて上半身を後ろに反らし、葵と目を合わせて煽った。

別に、本当にセックスするつもりなんてない。唇へのキスすらしない葵が、どこまで本気なのか――どこまで嘘をつけるのか、確かめてみたいだけだ。

そして、してみたらどうでもよくなるかもしれないというのは、自分への言葉でもあった。あふれるほどの好意を浴びせながら、手を出してこない男に焦らされている。一度触れてしまえば、その発情が錯覚だと気づけるかもしれない。

じっと見つめあっていると、目線を合わせたまま、葵がゆっくりとこちらへ歩いてくる。彼が近づいてくるだけで、期待に胸が高鳴って、「本当にセックスするつもりはない」なんて、自分への言い訳かもしれないと思い始める。

何の確証もないけれど、記憶を失くす前の自分が、「好みじゃない」と葵に言ったのは、十中八九嘘だ。きっと以前の自分も、こんなふうに葵に欲情していたはずだ。じゃなきゃ、あの香水に身体があんな反応をするわけがない。過去の自分は、きっと敢えて、葵と一線を越えずにいた。葵が有名俳優だから一歩引いていたのか、他に理由があるのかは分からないけれど。

分かるのは、多分、自分がずっとこの男を欲しがっていたのだろうということだった。葵がソファの背もたれのすぐ後ろまできて、こちらを見下ろす。まだためらう様子を見せる葵の指先を、腕を伸ばして掴んだ。抵抗される前に、その手を口元へと引き寄せる。驚いた葵の足元で、床が軋んだ。唇が指先に触れると、葵の震えを感じる。葵の真意を見極めようとして始めたことだけれど、身体の中で、欲望に火がついた。

静かに、けれど力を込めて葵の手を引くと、葵の喉が上下するのが見えた。明らかに困惑している。けれど葵は誘いに応え、ソファの背にもう片方の手をついて、上半身を乗り出してきた。彼の肘を掴み、もっとと強請ると、長い脚で軽々とソファの背をまたぐ。葵はそのまま、上に乗りかかってきた。身体の下で、籐のソファが軋んだ音を立てる。彼の重みに興奮して、すぐにでも抱き着きたくなるのを、奥歯を噛んでぐっとこらえた。

これ以上触れたら、歯止めが利かなくなる。伸し掛かってきた葵の身体は熱く、彼が自分に欲情していることは確信できた。今より先に進む必要はない。理性ではそう分かっているのに、葵の熱を感じて欲望が暴走を始める。

たとえ葵が何かを隠しているとしても、この瞬間に身体だけでも手に入れられるなら、そうしてしまいたい。

「葵……」

我ながら情けない、欲情丸出しの掠れた声が出た。身体を捻って葵の下から抜け出し、自分から葵に伸し掛かる。

「奏汰さん、今、葵って呼んだ？」

葵が珍しく焦りを見せた。そんな場合じゃないのに可愛い、と思ってしまう。

葵の胸を押し、背中をソファにつけさせる。少しずり上がったシャツの下に手を這わせると、硬い腹筋を手のひらに感じ、体温がぐんと上がった。触れた指先が冷たかったのか、葵がぴくりと震える。

しかし次の瞬間、手首をつかまれ、手が動かせなくなった。

「俺は、お試しはしない」

感情をそぎ落としたような声。光の入らない瞳でまっすぐにこちらを見て、葵が言う。

手首は痛いほど強く握られ、葵の掌の熱で火傷《やけど》しそうだ。

「俺が欲しいって言っても？」

「……今の奏汰さんとはできない」

それは、勘違いしようのない拒絶だった。葵に先に進む気はない。はっきりとした答えに、奏汰の目の前は暗くなった。

「分かった。じゃ、これで終わりだ。恋人ごっこも、同居も」

「は？　まだリスト、終わってない」

別れを告げると、何故か葵が驚いたような顔をする。その反論に、今度は奏汰が驚く番だった。セックスの誘いを断っておいて、リストは実行するつもりでいるとは。

「正気か？　あんなおふざけ続ける意味ないだろ。この家からは出てってもらう。セックスできない男はいらない。お前がいたら他の相手も連れ込めない。分かるだろ？」

苛々して露悪的に言ってやると、葵が目を見開いて黙り込んだ。やり込めたのは自分なのに、その沈黙に傷つく。葵の手を振りほどいて身体から降りようとすると、なぜか手首の拘束がきつくなった。

「他の男？」

地獄から這い出てきたような声に、びくりと肩が揺れる。

組み敷いている葵からひどく不穏《ふおん》な空気が漂ってきて、たじろいだ。臆したら負けだと彼を睨もうとしたけれど、顔を見た途端、鋭い眼光に息が止まってしまう。美形がすごむと、迫力が桁違いだ。

怯《ひる》んだ一瞬のすきに、ぐるりと視界が回転した。え？　と思った時には葵に身体を入れ替えられ、背中がソファにくっついている。再び、葵に伸し掛かられていた。

「誰にも触らせない」

低く呟かれ、肌が粟立《あわだ》つ。同時に初めて葵から性的な空気を感じて、欲望がむくりと顔をもたげた。

「ちょ、何だ急に……あっ」

股間をぐり、と硬い太腿で刺激され、声が出てしまう。右手はがっちりとつかまれたままで、左手だけでは覆いかぶさる葵を押しのけられない。ジャージの上から形をなぞるように性器を撫でられると、そこはすぐに硬くなってしまった。みじめだけれど、身体はどんどん熱をもち、性器に血が集まっていく。

そこがすっかり勃ちあがると、ジャージも下着も脱がさず、手だけを突っ込んで雑に擦られる。出来るだけ肌が触れないようにしているのだと分かって、屈辱で頭に血が上った。

「嫌なら触るな馬鹿……っ」

「馬鹿はどっちだよ。俺がどれだけ我慢してるか、全然分かってない」

左手で葵の胸板を押しながら抗議すると、押し殺したような声ですぐさま反論される。何を我慢しているっていうんだ、好き放題やっているくせに。そう言い返す前に、葵が耳元で呻いた。

「お願い、大人しくして」

これまでにない、切羽詰《せっぱつ》まった声だった。右手を掴む腕、息のかかる距離にある彼の顔が、微かに震えていることに気づく。そのことに驚いて、左手から力が抜ける。

「葵」

「黙って」

続いてちゅ、と濡れた音がして、耳に濡れた感触があった。性的なくすぐったさに、びくり、と身体が震えると、その反応に後押しされてか、葵の舌があやすように耳を愛撫し始めた。くちゅ、という濡れた音が耳の中で響いて、萎縮《いしゅく》しかけた欲望が再び頭をもたげる。動きを止めていた手が、もう一度性器を扱き始めると、熱を持ったそこは更に育ち始めた。

「う」

性器が張りつめ、先走りをこぼし始める。滑りが良くなり声を漏らすと、伸し掛かる葵の身体がびくりと震えた。耳元でふーっと葵が息を吐く。すっかり敏感になった耳には、その吐息さえ強い刺激だった。掴まれた性器がびくびくと震え、あふれた先走りがにちゃにちゃと卑猥《ひわい》な音を立てる。葵にいいようにされ、隠しようもなく性器を腫らして先走りまで零している。そのことがいやに鮮明に意識され、頭がぐちゃぐちゃになった。

息を吐き切った葵の手の動きが、少し丁寧になる。根元から先端までゆっくりと手を滑らせると、先走りを温めるように手のひらで亀頭を包み込む。そのまま敏感なくびれ部分を指で作った輪でしめつけられて、急激に射精感が込み上げた。だんだんと、出すことしか考えられなくなっていく。

「んっ、んっ」

声を殺そうと唇を噛むけれど、息が漏れてしまう。葵の指は容赦《ようしゃ》なく、濡れそぼった性器を扱いて育てる。先走りが葵の掌で泡立ち、ぶちゅぶちゅと音が立つ。

「奏汰さんのにおい……」

ふいに、首筋に顔を近づけてきた葵がそこですんと鼻を鳴らした。汗のにおいをかがれたと分かり、羞恥に頭が沸騰《ふっとう》する。動けないながらも身体を竦ませると、鎖骨のあたりに生暖かい感触があった。

「しょっぱい」

葵が短く呟く。舐められた、と認識したその瞬間、奏汰は呆気なく絶頂に達した。びゅく、びゅくと吐き出してしまう。出なくなるまできっちり扱かれて、情けなく身体が震えた。背徳感と快感がないまぜになって、頭がぼうっとする。

「何なんだよ、お前……」

荒い息を吐いて、奏汰は葵を睨んだ。奏汰の上から起き上った葵は、自身の掌をじっと見ている。その動作の意味を理解できず、呼吸を鎮めることに必死な奏汰の前で、葵はその手を口元に持っていった。薄い唇からちらりとピンクの舌がのぞく。

「舐めるな！　馬鹿！」

信じられない光景を目にした奏汰は怒鳴り、左腕を伸ばしてローテーブルの上のティッシュケースを掴むと目の前の男に投げつけた。

本当に何なんだ、こいつは。付き合いたいというくせにセックスの誘いには乗ってこない。こっちが触ろうとすると拒んで、一方的にイかせてきたりする。出来るだけ肌が触れ合わないようにしているかと思えば、汗どころか精液まで舐めようとする。何もかも理解できない。

それでも、葵に扱かれて、射精してしまったという事実は目の前にある。セックスしないなら終わりだと切った啖呵が、所在なげに宙に浮いていた。

ぜいぜいと肩で息をして、睨みつけても葵はまるで意に介さない。無表情で自身の手を拭うと、奏汰のスウェットと下着をずり下げ下半身を丁寧に清めはじめた。さらに、甲斐甲斐しく下着とパンツを履かせようとするので、奏汰は慌てて身体を起こし、ひとまず下着を引き上げた。

「これからも、溜まったら俺が抜く。他の奴には触らせないから」

何故か勝ち誇ったようにそう宣言してくる年下の男に、眩暈《めまい》がする。

「いや、何居座るつもりでいるんだよ。終わりだって言っただろ。有名俳優をこんなボロ家においとけるか」

ようやく少し冷静さを取り戻して、そう反論する。幸いこれまで何も起こっていないが、この家にはオートロックもないしガードマンもいない。有名人のプライバシーを保つことなんて、到底できやしない。

「俺の職業が問題なんだ？　じゃあ、辞める。俳優やめる」

「は？　何言ってんだ。……冗談だよな？」

　さっきフォトログを更新しようとした時のような勢いと凄みを感じて、またもや背筋が寒くなる。沈黙の中、しばらく葵と睨み合う羽目になった。

「……まあ、さすがにそれはしないけど。ていうか、そもそも俺が俳優になったのは奏汰さんのせいなんだけど」

「はあ？」

　葵の考えていることはいつも分からないが、それにしたって突拍子がなさすぎる。

　ぽかんとして、穴が開くほど見つめていると、葵は苦いものでも飲み込んだような顔をして、頭をばりばりと掻いた。そしてひとつ息を吐くと、覚悟を決めたように背筋を伸ばす。

「ごめん。謝ること、もうひとつある。俺と奏汰さんが出会ったのは、半年前の試写会じゃない。俺は俳優になる前から奏汰さんを知ってる」

「……へ？」

　さっきから、間の抜けた返事しかできていない気がする。

「奏汰さんが東京の大学に行っちゃって、追いかけるために俳優になった。高三で東京の高校に転校したけど、俺の出身は茅野、中学は森が丘」

「え」

葵が俳優だという事実以上に驚くことはないと思っていたのに、葵の口から母校の名前を聞いて、その記録が更新される。びっくりしすぎて、目の前のことしか考えられなくなった。

「森が丘？　本当に？　俺とは被ってないよな？　三コ下だっけ。てことは陽向と同学年か。え？　ってことは、まさか陽向と……」

思いつくまま口にした奏汰に、葵は頷いた。

「同級生。中一の時、陽向を通して奏汰さんと知り合った」

「だ……っから母さんともあんな感じだったのか」

耳を疑うような話だったけれど、納得がいくことも多い。半年前に知り合ったばかりとは思えないほど、自分のことを知っていたこと。母と旧知の仲のように振舞っていたこと。

「本当は、もっと小さいときにも奏汰さんと会ったことある。市のサッカーイベントで親とはぐれた時、奏汰さんが手繋いで本部に連れてってくれた。奏汰さん、その大会でベストイレになってて、一緒に写真も撮ってもらった。見せようか」

「まてまてまて。もうこれ以上は脳みそが追いつかない」

それでも、市の大会でベストイレブンに選ばれたことは、記憶にある。次々と提示される事実にもうほとんどノックアウトされかかっていた。

「中一の頃、陽向の病院で再会した。その次が本屋だった。俺は叔父さんの葬式の帰りで、叔父さんが買ってくれるって約束してた本を、自分で買いに行った。でも売ってなくて、うろうろしてたら奏汰さんが現れて、わけを話したら別の本を一緒に選んでくれた」

「みさき書房か。本屋、あそこしかないもんな」

葵が同郷なことは、もう間違いないようだった。

葵が頷いて、話を続ける。

「叔父さんが死んだって聞いて、俺を励まそうとしながら、奏汰さんの方が泣きそうだった。一生懸命誤魔化してたけど、ばればれで。変わった人だなって思ったけど、気づいたらもう好きになってた。あの頃の奏汰さんはずっと張りつめた感じで、今思えば身内の死ってものにすごい敏感になってたんだと思う。俺はガキで、無神経だった」

十四年分の記憶は戻っていない。けれど今ここに居る葵と、自分の中にある長野の記憶がつながって、現実感を持った。

葵が本当に、その頃から自分のことを思っているのだとしたらと想像して、葵の執着の深さと流れた時の長さに、圧倒される。いつのまにか、底なしの沼に引きずり込まれていたのを、今更に気づいたような気分だ。

「奏汰さんは、いっつも陽向のことばっかり話してた。可愛かったな」

「クソマセガキ」

中学生が高校生に向かって、可愛いとはなんだ。この男の不遜さは生まれつきか。憤って見せても、頬が熱くなるのを止められなかった。

「その頃からずっと、俺が好きなのは奏汰さん。何回も告白して、ようやく条件つきのOKを引き出した矢先に、奏汰さんが記憶喪失になった。受け入れてくれなくてもいいけど、俺の気持ちを疑わないでほしい」

いつか納戸で見た時と同じに、まぶたのふちが濡れて光っている。

もうだめだ、と奏汰は心の中で白旗を挙げた。

葵の言葉を信じきれない。なのに、彼を追い出そうという気持ちは既に消えていた。また流されている、と客観的に状況を見る自分も確かにいる。けれど結局、抗えない。

葵がじっと、イエスの返事以外受け取らない顔をしてこちらを見ている。情けない顔で彼を見つめ返すと、勝利を悟ったのか、葵の表情がほっとしたように緩んだ。その変化を見るだけで、自分が正しい選択をしたような気になってしまう。

ゆっくりと伸びてきた手に、両腕を掴んで引き寄せられた。ちゅ、と頬に柔らかな感触があって、それだけで息が止まりそうになる。

「約束は守ってもらうから。リストをやり切るまではここに居る。俺のせいで奏汰さんに迷惑かけないように、これまで通り十分気を付けるから」

「なんなんだよ、そのリストへのこだわりは……」

突っ込みつつ、安堵している自分がいる。彼との時間はまだ続く。

「さっき、葵って呼んでくれて嬉しかった。休憩時間中にちょっと寄っただけだから、仕事に戻る」

「戻る？」

「すぐそばのスタジオで撮影してる。遅くなるから、夜は顔見れないと思っていったん帰ってきた」

ぎりぎりまで肩に触れながら、葵は書斎を出て行った。見送りについて行きかけて、すんでのところで思い留まる。何を浮かれているんだ。ついさっきまで彼と終わりにする気でいたくせに、結局、丸め込まれてしまった。抱きしめられ、好きだと言われ、キスされた。まるで、恋人も同然に。全身を駆け巡った熱が引いていくのを待ちながら、その余韻を味わわずにいられない。

玄関のドアがガチャンと閉まる。その音でふと、我に返った。

葵は好きだと繰り返したけれど、一度も、「付き合おう」とも「恋人になって」とも言っていない。ただ、リストを終えるまで、同居を続けると言っただけだ。

ずり下がったスウェットから下着の覗く間抜けな姿で、ゆっくりと手を持ち上げ、葵が最後にキスした頬に触れる。

また、唇じゃなかった。そのことに気づいた。

「A4？　A5……？　プリント用紙かっ」

地下鉄を降りてから地上に出るまで迷いに迷った奏汰は思わずそう毒づいた。そして出口を出たら出たで、上京したての若者よろしくあたりをきょろきょろと見まわす羽目になる。都内の路線図は記憶に残っていたから乗り換えは迷わなかったけれど、何度となく通っているはずの美容院への道のりは、地図アプリのナビゲーション頼みになった。

携帯に、『そろそろ切り時じゃない？』というメッセージが来たのは一週間ほど前のこと。鋏の写真をアイコンにしている彼とのやりとりを遡《さかのぼ》ると、彼——ハルキが美容師であり、かつ食事にも行くような仲であると分かった。恐る恐る記憶喪失になったことをメッセージで送ってみると、彼の返事は『とりあえずカットおいでよ』という気楽なもので、いい加減伸びすぎた髪にうんざりしていた奏汰は、記憶喪失後初めて一人で遠出をすることにしたのだった。

コンクリート打ちっぱなしの外観に少し気後《きおく》れしつつも中に入り、受付で名前を告げると、すぐにハルキと名乗る長身の男が顔を出した。

長めの髪を後ろでくくり、左腕には肩から肘までタトゥーが入っているその姿は初対面だといかつく感じるが、話してみると声も物腰も非常に柔らかい。大人っぽく見える彼は実際には同い年らしい。いつも通りでいいかと聞かれ、いつもが分からないと答えると破顔する。その笑顔が可愛らしかった。「おまかせってこと」と教えられ、言われるままにカットを頼むと、まずはシャンプー台へと誘導された。

仰向けに横たわり、顔の上にガーゼが載せられシャンプーが始まると、自分でも不思議なほどリラックスできた。

「じゃ、もう十年もハルキさんに切ってもらってるってことですか」

「うわー、さん付けされると痒いんだけど。そうそう、長いんだよ、俺ら。まさか奏汰が記憶喪失になる日がくるとは思わなかったけど。ね、記憶って、全部ないの」

「いや、全部ってわけじゃなくて……」

ため口を利かれても呼び捨てにされても、あまり違和感がない。これはこの美容師本人の、キャラクターによるものが大きい気がする。髪を洗いながら時折頭皮を押す指の力加減が、絶妙で気持ちいい。多分、カットの腕もいいのだろう。

「トリートメント、どうする？　いつものシトラスのやつにする？」

「トリートメントまでいつものやつがあるんですか。じゃ、それで」

少し笑いながら答え、ガーゼの下で目を閉じる。ほどなくして、さわやかな柑橘《かんきつ》の香りがあたりに漂った。相変わらずハルキの指の動きは的確で、今にも眠ってしまいそうになる。

シャンプーの最中は、いつもそうだ。でも寝入ってしまうと、むくんで間抜けな顔になる。それを見たハルキは決まって爆笑するのだ――その豪快な笑顔が頭を過った瞬間、奏汰ははっとした。今、頭を過ったもの、これは記憶だ。

ぱっちりと目を見開き、呼びかける。

「ハルキだ、よ、な。俺、奏汰だけど」

そう言うとハルキの手の動きがぴたりと止まった。

「……ひょっとして、記憶が戻った？」

奏汰は顔を覆うガーゼの下で、口を半開きにしたまま何度もうなずいた。記憶を辿ることができる。ハルキのことを考えると、この美容院で、彼に髪を切ってもらった記憶が次々と蘇った。

「今、寝そうになったら急に思い出した。一番最初はまだ大学生だったよな。切ってる途中でハルキがパーマ絶対似合うとか言い出して、金ないって言ったらカットモデル誘われて、それで……」

興奮して蘇った記憶をそのまま口にしていた奏汰は、そこで慌てて口を噤んだ。カットに通ううち、同い年で家が近いことが分かった。意気投合して食事などに行くようになり、その後、何度か寝た。そうだ。ハルキとはセックスしたことがある。

いきなり押し黙った奏汰に、ハルキはおおよそを察したようだった。

「マジで、思い出した感じだな」

「………ハルキだ」

「ハルキですけど」

シャンプー台の上で、シュールなやり取りを繰り返す。

ハルキはいわゆるバイで、男性でも女性でも好みならベッドに誘う。酒が好きで、二人で酔っ払っては何度も朝まで下らない話をした。十年近い付き合いで、セックスしたのは出会って間もない頃に数回だけだから、セフレ期間より友人歴の方が長い。

失った記憶が、初めて戻ってきた。衝撃と感動に呆然としている間にシャンプーは終わり、奏汰は再び鏡越しにハルキと向かい合った。ハルキは軽妙に会話を続けながら、素早く手を動かして髪を切り落としていく。

その手際《てぎわ》を、やはり覚えている、と奏汰は思った。勢いで他のこと――階段から落ちたことや、小説を書き始めた頃のこと――を思い出せるか試してみたが、それは無理だった。

ふう、とひとつ息を吐く。何はともあれ、一人の友人を取り戻すことができた安心感は途方もない。

「やっぱ、身体が覚えてる気がする。ハルキにシャンプーされる時の感じとか、この椅子の沈む感じとか、あと、このトリートメントのにおい」

「あー、そういうもんかもね。すごいじゃん。俺、奇跡の現場に立ち会ったじゃん」

記憶喪失を告げた時と同じ気軽さでハルキが返してくる。奏汰は少しむっとした。

「いや、こっちは結構深刻なんだけど」

「そうかもしんないけど、俺はそれ実感する前に奏汰に記憶が戻ったから。なんだよ、悩みあるなら聞くよ。てか、何があったわけ」

階段から落ちたらしくて、と答えようとして、ふと口ごもる。

「……ハルキさ、高山葵って知ってる？」

「何で高山葵？　俳優だろ？　最近オーダー多いんだよなあ。なんかあの、ホームレスの映画の時みたいなロン毛にしてくれとか、あと、少年犯役の時のボーズにしてくれとか。男から見ても雰囲気あるよな。奏汰もやりたい？」

ハルキは葵と奏汰の関係を知らないようだった。ということは、自分は葵とのことをハルキに話してはいなかったということだ。どうするべきか、少し迷う。

「急に黙るなよ。高山葵がどうした？」

「ハルキ、口だけは堅かったよな」

「……この後休憩入るから、少しなら時間取れるけど」

さすが十年来の友人だ。打てば響く。近くのカフェで待ち合わせをして、奏汰は店を出た。


「まじかよ」

奏汰が話す間にアイスレモネードを飲み干したハルキは、途中からずっと半笑いだった。ようやく話し終えた奏汰は真面目な顔でうなずくと、アイスティーに口をつけた。ランチのピークタイムを過ぎたアジアンダイニングは人影がまばらだが、一応「声がでかい」と釘を刺す。

「じゃ、事故って助けられて、高山葵が高山葵って知らないで同棲してたんだ？　すご。記憶喪失もすごいけど、あのスタイルと顔面の人間と暮らしてて何も気づかないのもすごい。逆に、どうやって分かったんだよ」

奏汰の指摘に声を潜めるハルキを見ながら、すべてを吐き出した奏汰は少しすっきりしていた。ここひと月で起きた出来事は、とても一人では抱えきれない。

結局、昔からの知り合いだということは伏せて、気づいたら記憶を失くしていて、正体を隠した有名俳優に求愛され、何故か一緒に住むことになった、という直近の事情だけを報告した。こんな現実離れしたグダグダな話、しかも芸能人のプライバシーにかかわるような話を、打ち明けられる相手はハルキ以外にいない。

「それがさ、フォトログなんだよな」

同居のいきさつに続いて、葵が「俳優・高山葵」だと知った経緯をかいつまんで話す。今でも自分のような一般人のアカウントから、なぜ葵がファンに発見されたのか謎だった。そう説明するとハルキはすぐさま自分の携帯を取り出して、何やら調べ始める。

それを横目に眺めつつ、運ばれてきたランチセットのカオマンガイをつついていると、急にハルキが呟いた。

「……江ノ島、だ。奏汰の投稿、江ノ島ってキャプションに書いてるじゃん。それでほら、これ高山葵のマネージャーのアカウントだけど、四月の中旬に江ノ島で撮影があったって書いてる。ネットストーカーはこれを見逃さないわけよ」

携帯の画面をこちらに向けながら、ハルキが解説を始めた。

「ネットストーカー？」

「推しのプライベートを知りたくて仕方がないファンっているんだよ。推しが匂わせしてないかとか、プライベートなアカウントを持ってないかとか、あと、推しに匂わせしてる女がいないかとか、常にネットパトロールしてる。多分、高山葵が江ノ島にいたと知るや、SNSで検索かけまくって、高山葵の痕跡を探したんだろ。で、まさかのホンモノを引き当てた。まあ、本物だって知ってるのは高山葵本人と奏汰だけだけど……何してんの？」

「話聞いてたら怖くなってきたから、江ノ島の投稿は消した」

携帯を握り締めながら答える。葵の私生活を暴きたくてそんなことをするファンがいると知って、恐ろしくなってしまった。あのコメントを書き込んだファンには、このアカウントの人物が高山葵との交際を、写真を使って仄めかした――「匂わせ」たと、思われたということだ。

「まあ、コメントしたやつ以外誰も気づいてないみたいだし、大丈夫だとは思うけど。これからは気を付けた方が良いかもな。……で？　話を戻すと、高山葵に好きだって言われていい感じだけど？　記憶もないし、相手有名人だしでイマイチ信用できないみたいな？　相談風自慢か？」

要約されると、確かに我ながら下らないし冗談みたいな話だ、と思う。

「そもそも付き合うつもりはなかったんだけど、なんか色々断れなくて。そしたらだんだん……こう……流されるというか」

「じゃあ付き合えばいいじゃん。奏汰が特定の相手作らない主義なのは知ってるけど、好きな相手ができたならそんなのどうでもよくねぇ？」

一応は真面目に答えてくれたハルキは、そのあと何かを思いついたように、にやりとした。

「……そうか、奏汰には幽霊クンがいるもんな」

「幽霊クン？」

突然挿入された意味不明な単語を聞き返す。ハルキはさらににやにやと笑った。ごついシルバーのピアスが、彼の身体の揺れに合わせて光る。

「奏汰がずっと片思いしてる相手。ってまさかそれも忘れたんだ？　それとも、恥ずかしくて忘れたふりしてる？　最近はそいつの話、しなくなってたもんな」

「ふりじゃないって。高校以降の記憶がほとんどないんだって」

「最初に書いた小説のモデルがその男なんだって言ってたけど、覚えてない？」

ハルキの返事に、奏汰は目を見開いた。デビュー作『少年と幽霊』のメインキャラクターの一人が、まさに幽霊だった。そしてそれ以降も、幽霊が登場する話を書き続けている。

『少年と幽霊』は、退院直後に冒頭だけは読んだのだが、何も思い出せなくて絶望し、まるきり実感の湧かない文章をかつての自分が書いたのだという事実が怖くなって、放置してしまっていた。

「覚えてない。お前との会話も思い出せない。なあ、俺って小説の話結構してた？」

答えながら、奏汰はもどかしさに眉根を寄せた。

ハルキに関する記憶も、全部が戻ったわけではないらしい。彼に打ち明けたという片思いの話も、小説のモデルのことも、思い出せない。

「仕事の話はそんなにしてないかな。ただ、幽霊クンに関しては、何回か聞いた。何書いても登場人物がその男になっちゃうとか言ってたよ。呪いみたいだって。そいつにずっと未練があるから、誰とも付き合わないんだと思ってたけど」

「……呪い」

ハルキの言葉を繰り返しながら、奏汰は金属製のストローをつまみ、アイスティーをかき混ぜた。

「俺さあ、奏汰から記憶喪失になったってメッセージ来てから、記憶喪失のことちょっと調べたんだけど。そのときなんとなく幽霊クンのことが浮かんだんだよな」

「え？」

「記憶喪失ってさ、トラウマとかが原因でなることあるらしいじゃん。自己防衛本能が働いて、トラウマの記憶を封印する、みたいな。奏汰がそんなことになるとしたら、もしかしたら幽霊クンが関わってるんじゃねーかなって、ふと思ったんだよな」

ハルキの言葉に、息を呑む。実は先週の定期診察の際にも同じようなことを言われていた。記憶障害が長期化している現状からみると、原因は精神的ショックの可能性が高い。階段から落ちた恐怖が第一に挙げられるだろうが、それ以外にも何か、精神的に大きなストレスを受ける経験をした可能性がある、と。

「幽霊クンのこと、小説に書かずにいられないくらい思い入れがあったわけじゃん？だったら何かがきっかけで、その存在自体がトラウマになるってこともあるかもじゃん」

ハルキの説明には、妙な説得力があった。

とりあえず、『少年と幽霊』を読まなければならない、と奏汰は腹をくくった。記憶を取り戻すきっかけになるかもしれない。怖がっている場合ではない。

「……なるほどね。幽霊クンか」

「いや、忘れてるならそのままにしとけよ。新しい恋した方が絶対いいって。しかも相手は高山葵だろ？」

奏汰はううん、と曖昧な返事をした。ハルキの言うとおり、好きだと思ったら受け入れればいいと分かっている。隠し事については謝罪され、一応は納得もしている。けれどまだ、何かが引っ掛かっている。海辺で葵の背中に感じた、強烈な別れの予感。そして。

「口にだけ、キスしてこないんだよな」

ぽろりとそうこぼすと、ハルキは弾けるように笑った。睨んでやったが意に介さず、腕を伸ばし、肩を掴んで揺すってくる。

「それ、高山葵の話だよな？　え？　ちなみに、やることはやってんの？」

「やっ……てない、わけでもない、けど、未遂、というか」

「何それ、一番エロい状態じゃん」

核心をぼかした説明でも、大体の状況を見通したらしく、ハルキが笑う。

「そういえば高山葵って、誰かと熱愛報道あったよな。基本的にヘテロで、奏汰のことは好きだけどゲイセックスまでは求めてないとか？　あ、でもそれだとキス関係ないか。キス、セフレとはしないってヤツたまにいるけどな」

「ヘテロ……セフレとはキスしない……」

呟くうち、俯いてしまう。やはり世戸菖蒲が本命で、自分はセフレ枠なのか。またそこに戻っていくのか。好きなのは奏汰さんだけだという、葵の言葉を信じきれない自分がいて、結局、迷いは消えない。

「幽霊クンと高山葵なら、セックスできなくても高山葵を俺は推すね。セックスできないのは幽霊クンも同じだし。目の前にいるイケメンの方がいい」

朗らかにセックスセックスと繰り返して、伝票を掴んだハルキが立ち上がる。慌てて財布を出したけれど、「記憶回復祝い～」と鼻歌交じりに言ってハルキは去っていった。


「髪、切ったんだ」

その日の夕方帰宅した葵は、キッチンで米を研《と》ぐ奏汰を見るなり言った。

「いい加減鬱陶しかったから。夕飯、食べるよな」

すぐ変化に気づいた葵に、気恥ずかしくなりながら奏汰は答えた。炊飯器をセットして流しで手を洗っていると、すぐ背後に葵が立つ。手を拭き、くるりと身体を反転させると、真正面から顔をまじまじと覗き込まれて更に恥ずかしくなった。

「そんなに見るな」

「長いままでも良かったのに。大学の頃、思い出す」

そう言いながら葵は、短くなった前髪を摘まんでくる。急に詰められた距離にどきりとし、おう、と間抜けな返事を返してしまった。身体を引こうか迷うが、自然に動ける気がしなくて俯く。

短い、と言っても前髪は眉にかかるくらいの長さがある。ベリーショートやツーブロックなどの男っぽい髪形が好きだが、柔らかい雰囲気が似合うからと、ハルキに前髪を長くされ続けている。

「……ハルキさんのところで切った？」

「ハルキのこと知ってるんだな」

ハルキは葵のことを知らなかったけれど、過去の自分は、葵にはハルキのことを話していたということか。びっくりして顔を上げると、葵も驚いた顔をしていた。そして、やや硬い声で聞いてくる。

「奏汰さんの髪ずっと切ってる人でしょ。ハルキさんと、もう打ち解けたんだ？」

「それ！　聞いてくれよ。シャンプーの最中に、急にハルキのこと思い出したんだよ。すげーびっくりした」

葵が帰宅したら一番に伝えようと思っていたことを思い出し、声を上擦らせて報告する。

「記憶が戻ったってこと？」

「そう、他は全然なんだけど、ハルキのことはほとんど思い出したと思う。あいつ奇跡じゃんとか言って、めっちゃ軽いノリでさあ」

「良かったね」

良かったと感じているとは到底思えない冷ややかな声が帰ってきて、その瞬間奏汰は、自分とハルキが過去にどういう関係だったか、葵は知っているのだと直感した。

「あの、さ、葵は、俺からハルキのこと」

「セックス、うまいって聞いた。奏汰さん、ああいういかつい系の人、好きだよね」

恐る恐る口にした質問を、低い声に遮られて絶句する。過去の自分は、一体どういうつもりでそんなことまで葵に話していたのだろうか。

沈黙が痛い。一体どうしたいのか、発する空気は冷たいのに、指先はまるで恋人のように奏汰の前髪を緩慢に弄んでいる。

「……でさ、部分的ではあるけど初めて記憶が戻ったから、若林先生にも連絡して……」

空気を変えようとしたものの、成功する気がまるでしなくて語尾が尻すぼみになる。

「先生は、なんて？」

「ええと、ハルキのシャンプーの感じとか、身体が覚えてた気がするって言ったら、そういうことも当然あるって……」

ハルキの話題が地雷なのだと気づきはしたが、葵が促すので、途中で止められない。追い詰められた気分になって視線が彷徨う。

やがて葵は上半身を寄せ、摘まんだ前髪に口づけてきた。頬に彼の息がかかり、全身が硬直する。これ以上、訳が分からない状態にしないでくれ、と奏汰は心の中で叫んだ。

「身体が覚えてた、ね」

葵がおもむろに腕を伸ばし、肩を掴んできた。昼間、ハルキに同じことをされた時には何も感じなかったのに、今は頭が真っ白になる。

「俺も身体で覚えてもらっとけばよかった」

「何、言って……ヒッ」

囁いた葵に抱き寄せられ、耳殻《じかく》に口づけられて、奏汰は小さく悲鳴を漏らした。濡れた感触が耳を這い、くすぐったさと、性的な興奮で全身がゾクゾクと震える。葵の息遣いを、耳で直に感じるのもたまらなかった。

「シャンプーしただけで記憶が戻ったの？　やっぱり、セックスもした？」

「っ、んなわけねーだろ！　ハルキは友達だ！」

低い声で尋問され、反射的に叫んでしまう。

葵の手が頭に添えられ、その指先が髪の間に差し込まれる。そのまま指の腹でマッサージするように地肌に触れられて、これはシャンプーの真似事なのだと気づいた。葵の指先が頭の骨の形のなぞるように下へと降りていき、首筋を辿って鎖骨を撫でる。

「ちょ、あおい……んっ」

指先は止まらず、胸の突起を偶然のように掠める。軽微だけれど明らかに性的な刺激に声が漏れる。逃げようとして後ずさるが、すぐに腰がシンクに当たった。

葵の指はからかうようにくるくると胸の上で円を描き、時折突起をひっかける。

「待っ」

「こんなふうに触られてない？」

言いながら乳首を二本の指で強めにつままれ、奏汰は唇を噛んで首を振った。

この前は誘っても頑なに拒んだし、これまで一度だって、自分からそういう雰囲気を醸《かも》し出すことはなかったのに、今日の葵は変だ。

「やめ、あ……ッ」

止めようと葵の手を掴むけれど、反抗を咎《とが》めるようにぎゅっと乳首を押し潰されて、鋭い快感が背筋を駆け抜けた。戸惑いと迷いが、快感に押し流されていく。葵に触れられると、理性が簡単に揺らいでしまう。

葵には迷いがなかった。指先で乳首をカリカリと引っかいて、ぴんと硬く育ててゆく。

膨れたそれを爪で弾かれると、下半身が熱を帯びてきた。頭をもたげた性器が固いデニムの生地《きじ》に押さえつけられ、窮屈になる。気づかれたくなくて腰の位置をずらそうとすると、葵がふっと耳元で笑った。

「も、そこ、やめろ……っ」

「ハルキさん、あんまりここは触らない？」

胸の先を潰されながら耳たぶをじゅっと吸われ、性器が一層硬くなる。

弄られていた右側の乳首が完全に尖ると、今度は左側の乳首を指の腹で撫でられた。シャツ越しにくにくにと押し込まれると、身体はすぐに快感を受け止める。両方の乳首がきつく尖って、じんじんと疼いた。

「だから、触られ、てないっ」

「じゃ、こっちは？」

股間に、葵の太腿がとん、と当てられる。そのままずり、面で擦られると、性器がますます硬くなった。

今の葵は何かおかしい。頭のどこかで警鐘《けいしょう》が鳴っている。けれど、彼を止められない。身体が葵を欲しがっている。

右腕で奏汰を抱きすくめた葵は、左手でじっくりと乳首を嬲《なぶ》る。シャツの生地ごと掴んで揉まれると、強い快感に腰が浮いた。すると葵の太腿が体重をかけてくる。デニムの中の性器はもう痛いほど膨らんでいて、与えられる刺激にびくびくと震えた。

「んんっ、んッ」

葵の左手がゆっくりと下へ這っていき、デニムのボタンを外す。ジッパーを下げられ下着の前あきに指をかけられると、濡れた性器が勢いよく飛び出した。

ふ、と葵が笑う息が耳にかかり、羞恥に身体がますます熱くなる。こうなるともう、出したくて仕方なくなっていた。

自分だけが昂らされているのが我慢できず、葵の股間に手を伸ばす。けれどその手はすぐに捕まり、いたずらを咎めるようにシンクに押し付けられた。指先を掴まれ、シンクのふちを掴むように誘導される。手を行儀良く片付けておいて、葵の左手は奏汰の性器を柔く握った。

「お前また、俺だけいかせようとして……っ」

「何回イきたい？」

質問とともに耳に息を吹き込まれ、ぞくぞくする。けれど、ぎゅっと掴んだシンクがひやりと冷たくて、ふっと頭が冷静になった。

俺は葵に触れたい。けれど葵は触れさせない。セックスしない。俺をそういう目で見ていない。これ以上続けても、みじめになるだけだ。

「俺はおもちゃじゃない」

心の声が口を衝くと、性器を扱き始めていた手が止まる。

微かに目を瞠った葵を見つめて口を開くと、唇が震えた。

「勃たないなら、ここで終わり。セックスする気がないなら触るな」

そう告げると、瞬きの後、ゆっくりと葵が俯く。前髪が目元を覆って、表情が見えなくなった。

言ってやった、とこぶしを握ったのもつかの間、顔を伏せたままの葵から唸り声が聞こえた。

「……勃たないって、誰が?」

腹の底から這い出したような声には、静かな怒気《どき》がこもっていた。思わず竦んだ身体を、くるりと反転させられる。反応できずにいるうちに、シンクに腹を押し付けられて性器を握られた。ふらついて、思わず両手でシンクのふちを掴むと、シンクが低いせいで尻を突き出すような格好になる。

上がった尻に硬い何かを擦りつけられて、奏汰は「あ」と声を漏らした。スウェットを突き破りそうなほど硬く張った葵自身を感じる。葵の欲を知って全身が熱を帯びた。けれど背後から漂う空気は何故か冷たい。

「奏汰さんはさ、良く俺に、お前も遊べよって言ってた。もっと他に目を向けた方がいいって。俺は奏汰さんにしか勃たないのに」

葵が耳元で「ひどいよね」と囁く。淡々とした口調の奥に執着の深さを感じ、ぞっとする。

葵の言うことが本当なら、自分の方が彼をおもちゃにしていたと言える。過去の自分はどうして葵を受け入れず、弄ぶようなことばかり口にしたんだろう。きっと自分だって、葵が欲しかったはずなのに。

ふと、底なしの沼に沈んでいく二人の画が頭に浮かんだ。抱き合えず、けれど互いに手を離すこともできず、ただ沈み続ける。

今、自分がどれだけ葵にひどいことをされても、それは当然の報いなのではないかという気持ちになってしまう。

「ハルキさんに負けないように頑張ろうかな。無理やりっぽいのが好きなんだっけ」

軽薄な内容とは食い違う硬い声で、葵が言った。葵が暴露《ばくろ》した過去の自分の随分な性癖について、考える暇もなく性器を性急に扱かれ、きゅっと足先が丸まる。シンクにすがって尻を突き出す姿勢は恥ずかしくてたまらないのにどこか快感で、葵が欲しい、と本能が喚きだした。

うなじに噛みつかれた後、噛み痕をべろりと舐められて肌が粟立つ。背後から抱きすくめられていると、葵にすべてを支配されているような錯覚に陥った。

このまま、本当にセックスするのかもしれない。少しの恐怖と、葵と一線を越えるかもしれないことへの期待で腹の底が疼く。尖った乳首を指の腹で潰しながら、ぬめりにまかせて乱暴に性器を擦られると、気持ちが良すぎて声が出た。

「あ……ッ」

潰されていた乳首を強く引っ張られた直後、奏汰は達した。俯いた視界の中で、葵の大きな掌が性器の先端を覆って、精液のほとんどを受け止めるのを見る。奏汰ははあはあと息を吐いた。興奮しているからか、達した後も、性器が萎えない。

精液にまみれた葵の手は性器から離れ、そのまま尻へと移った。窄《すぼ》まりに自分の放ったものを塗りつけられ、指の腹で押される。驚いて、奏汰は目を瞠った。葵の流れるような動作と躊躇《ためら》いのなさは、とてもその気がなかった男のそれとは思えない。

指の先が敏感な粘膜を少しずつ出入りする。精液はすぐに乾いて指先が引っかかり、奏汰は身体を竦ませた。それに気づいたのか、葵は一度息を吐くと、腕を伸ばして棚から何かを取り出した。ぬるりとする感触で、オイル状のものを使われたのだと分かる。

本当に入れる気だ、と理解すると、後孔がきゅんと疼いた。抱かれる感覚を、身体が思い出そうとしている。怖い、けれど期待している。

葵の指は次第に大胆になり、第一関節がまるごと、中に押し入れられた。くちゅ、と内臓を直接擦られる違和感がぞわぞわと身体を駆け巡る。けれど二度、三度と押し込まれるうちに馴染み、やがてはっきりとした快感に変わった。「は」とか「あ」とか声をこぼしていると、狭い中を押し分け、二本目の指も挿入された。

「う、ふっ、あ」

苦しくて、必死で力を抜こうとしていると、もう片方の手が前に回って性器を弄られた。手のひらで性器の先端の丸みを擦られる鋭い快感と、後ろの孔に指をねじ込まれる異物感が一度に襲ってきて、わけがわからなくなる。さらに葵は耳の後ろを舐めてきた。気持ち良い、くすぐったい、葵の指が入っている。いつも目にする、葵の骨ばった指が脳裏をちらつく。

「や、また、でる」

急な射精感に焦ってそう口走った時には、もう吐精していた。びゅく、びゅくと、一度目と勢いの変わらない白濁がキッチン台を汚す。それは当然葵の指も濡らしているのに、葵は手を止めなかった。性器は扱かれ続け、後孔は指でぐるぐるとかき回される。敏感な粘膜を刺激され続けると快感はすぐに過ぎたものとなり、腰が暴れた。

「も、や、やだ、あっ、もういったって……っ」

ぐちゅぐちゅと、いったばかりの性器を扱きたてながら、葵が窄まりに何かを押し当ててきた。

葵にも、それほど余裕はないようだった。性急さが嬉しくて、慣らされた入り口が震えた。

「や、あ……ッ」

硬くて熱いものが入ってくる。異物感はすさまじいけれど、痛みはわずかだった。指よりも奥まで、葵の性器に割り開かれる。は、と葵が背後で息を詰めた。

葵が欲情して、その証が身体の中に入っているのだと思うとたまらなかった。今だけ、身体だけだとしても、葵を手に入れた。この瞬間を、随分前から待っていたような気がする。

性器が解放され、両手で腰を掴まれる。腰の位置が定まると、葵が前後に動き始めた。

「あっ、あっ、あっ」

声が止められない。微かな痛みすら、快感に変換される。ただ身体を揺すられるだけで気持ち良い。葵とつながっている興奮で、放置された性器もずっと硬いままだった。

葵の抜き挿しが早くなる。尻たぶに打ちつけられる腰の激しさに、喘ぐ声が甘さを帯びた。

「――――ッ」

唐突に背後から手が伸びてきて、両耳を掌で覆われる。ぼわぼわとした音の世界で、葵が何かを呻いた。

中からずるんと性器が引き抜かれると、尻に濡れたものが押し付けられる。すぐに熱い感触が散った。一拍遅れて耳を解放され、葵の右手が前へ回る。

「あ、ぅ――ッ」

搾り取るように激しく扱かれ、勃ちっぱなしだった性器が三度目の絶頂に上り詰めさせられる。むきだしの神経を擦られるような鋭利な快感に、一瞬意識が朦朧《もうろう》とした。

はあ、はあ、と二人分の荒い呼吸音が響く。脱力した身体に気合で力を入れ、汚れるのもかまわずどうにか下着とパンツを引き上げたあと、奏汰は身体を反転させた。

葵も無言で性器をしまう。

さっきまでの興奮が嘘のように消え去り、しん、という音が聞こえそうなほどの沈黙が、古びたキッチンを支配する。汗と精液に混じって、何か独特なにおいが漂っている。オリーブオイルだ、と気づいた瞬間、頭が現実に引き戻された。

「ごめん」

葵より先に、謝ることにした。このセックスについて葵の方から謝罪されたら、惨《みじ》めで死にたくなると思った。

「葵のこと、思い出せなくてごめん。ハルキの話も、無神経でごめん」

触れ合った葵の身体は恐ろしいほど熱かった。だから葵が自分に、好意をもっていることは分かった。さすがに伊達《だて》や酔狂《すいきょう》で、男とセックスまではできないと思う。でも同時に、彼が何かを隠しているということも、分かってしまった。ずっと、必死に何かを押し殺している気配があった。言えない言葉を、奥歯で噛み締めているような。爆発しそうな感情を、無理矢理抑え込んでいるような。

問い詰めたら、葵はどうするのだろうか。その疑問には、すぐに答えが出た。葵は意志が強い。彼自身が隠すことを決めたなら、それを貫くだろう。

秘密を暴いてどうなる。リストはあと少しで終わる。穏便にやり過ごして、綺麗に別れればいい。

どうせ、初めから茶番だ。記憶にない恋人、自分が書いたとは思えないリスト、それを実行したら付き合うなんて、冗談みたいな約束。嘘のように醒めた気分になっていた。

葵がようやく顔を上げた。一瞬だけ合った目が、恥じるように伏せられる。彼が傷ついていることが分かる。途端にぐらりと、心が揺らいだ。

馬鹿みたいな恋人ごっこを、続けてきたのは相手が葵だったからだ。今だって、しおれた様子を見た途端、罪悪感を持たなくていいと言ってやりたくなっている。違和感に目を瞑り、何も知らない振りをして、恋人ごっこを続けてしまえたら。

「幽霊クン、っていうヤツに、俺はずっと片思いしてたらしい」

気づいた時には、そんな言葉が口からこぼれていた。

「え？」

「ハルキが言ってた。俺には片思いしてた相手がいて、そいつを引きずってるから本命を作らなかったんだって。今の俺は、それが誰だか思い出せない。葵はそいつを知ってる？」

葵がどんな表情を浮かべるのか気になって、彼から目が離せなかった。

葵はずっと、どこか一点を見つめていた。瞬きすらせず、イエスともノーとも言わない。何かを迷っているようにも、何かを我慢しているようにも見える。

葵がわずかに首を傾けた。何ひとつ見過ごすまいと目を眇めた奏汰に、葵は言った。

「俺は奏汰さんといたい」

静かな声に、奏汰は一瞬思考が止まった。頭の中でゆっくりと葵の言葉を反芻して、それから、これまで詰めていた息をゆっくりと吐いた。細く、長く、すべてを吐き出す。

ハルキから、自分に片思いの相手がいたと聞いた時、真っ先に浮かんだのは葵の顔だった。過去の自分は葵から積極的にアプローチされていたはずで、だから葵に片思いなんて、ありえない話だけれど。

それでも、葵がずっと隠している何かが、そこにあるのかもしれないと思った。あの、強烈な別れの予感への答えも。葵は、幽霊クンについて何かを知っている。反応から見て、それは間違いなかった。けれど、何も教えてくれようとしない。きっと葵は過去を見ている。今の自分がどれだけ彼を好きになっても、意味がない。

諦めがついた。自分と葵は、どこへも行けない。

「俺は、葵と付き合えない」

ようやく、その言葉を口にすることができた。

「奏汰さ」

「でも葵がやりたいなら、リストは最後までやる。……俺、お前のこと好きなんだよな」

葵が息を呑んだ。奏汰は葵から顔を背けた。言ってやった、と思った。ようやく、終わりにできる。シャワーを先に使うと告げて、奏汰は部屋を出た。

小説家・小嶋奏汰のデビュー作『少年と幽霊』は、ちょっと幻想的で、ホラー小説というより児童文学のような雰囲気があった。無二の親友だった飼い犬を亡くした「少年」の前に、「幽霊」を自称する青年が現れる。青年には一切の記憶がなく、少年以外の誰の目にも彼の姿は映らない。少年が青年と二人で、記憶を探し始めると、周囲で次々と不思議なことが起こるという展開だ。この、少年が巻き込まれる不思議な現象がホラーと言えばホラーなのだが、それほど怖くは感じない。

今の自分には全く思いつきもしないキャラクターとストーリーが、確かに過去の自分が書いたものだということの方が、よほど恐ろしかった。

ガチャン、と玄関のドアが開く音が聞こえ、読みかけの本から顔を上げる。壁の時計を見ると、午前一時を回っていた。夕食後に読書を始めてから随分と時間が経っている。

事故から二か月が経ち、全く仕事をしないのも不安で、企業の広報誌のエッセイなど小さな書き物から手を付け始めていた。それでも時間にはゆとりがあり、こんな夜更かしも許されている。ワークチェアの上で、奏汰はひとつ伸びをした。そうこうするうちに、食堂のドアから長身が覗く。

「ただいま。もしかして、待っててくれた？」

マスクを外しながら、今日はラフなデニム姿の葵が言う。

「いや、本読んでただけ。葵は最近毎晩遅いな」

「舞台の稽古《けいこ》って、なんか長引きがち……てかなんでそんな薄着なの。風邪引くって」

言いながら大股で近づいてきて、羽織っていたカーディガンを着せかけてくる。ふわっと肩が温かくなって、自分の身体が冷えていたことに気づいた。

梅雨に入り、日中は結構気温が上がるからとTシャツ一枚で過ごしていたけれど、今夜はそれなりに寒いようだ。

ふ、と少し満足げな息を吐いた葵の視線が膝の上の『少年と幽霊』に向く。奏汰の視線も、読書中の本に戻った。

「読書感想の本、それにするの」

リストの残りの項目、「夏休みの自由研究をする」については、話し合いの末、読書感想会をすることになっていた。そもそも夏休みの自由研究を恋人としたいという感覚が本当に分からず、やる必要がないのではと言ったのだけれど、葵はリストを全部やる、と頑として譲らなかった。読書感想を選んだのは、葵も次に撮影に入る映画の原作小説を読む予定があるとかで、お互い無難にこなせそうだったからだ。

「ああ、まだ半分しか読めてないけど……って、無駄話してないで、早く寝た方がいいんじゃないか。明日も早いんだろ」

葵との距離感は、自分でも驚くほど変わらなかった。しいて言えば、前よりリラックスしているかもしれない。セックスして、付き合わないと宣言して、それでも好きだと言って。思っていたことは全て言えたから、気楽だった。

葵はただそばにいたいと言った。だから、そうすることにした。当初の約束通り、リストが終わるまでは。

記憶が戻ったら、全然違うことを考えるのかもしれないけれど、その時はその時だ。

「七時出かな。でも起きてる奏汰さんに会えたから、少し話したい。それ、後半の展開、どうなると思う」

葵が書斎のソファに腰を下ろす。奏汰はくるりと椅子を回転させて、葵に向き直った。

「え？　読んだことあるのか？『少年と幽霊』」

嬉しさと恥ずかしさが入り混じった気持ちだった。葵は当然のような顔で頷いた。

「奏汰さんの本は、全部読んでる」

「まじで？　俺と俺の本の話、したりした？」

仕事に関することなら、どんなことでも知りたくて尋ねる。けれどなんてことない質問に、葵は黙り込んだ。不自然な間の後、目を伏せて首を傾ける。

「ないよ。……奏汰さんの本の話をしたことは、一度もない」

「あ、そう、なんだ？」

葵がきゅっと唇を引き結び、何か、触れてはいけないものに触れてしまったような空気が流れる。以前の自分は、仕事の話を嫌っていたのだろうか。それか、葵の方で自重していたとか。戸惑いつつ、気づかないふりで話を元に戻す。

「前半だとまだ明言されてないけど、幽霊、つまり青年は、少年の亡くした愛犬だよな。ホラー映画なんかだと、幽霊は心残りを叶えてやると消えるっていうのが定番だから、少年がそれに気づいて、成仏させてやるっていう展開かな。ベタだけど」

自分が書いた小説だというのに、ありきたりな展開しか浮かばなくて、自分でも呆れてしまう。けれど、その理由ははっきりしていた。

「なるほど。幽霊は亡くした愛犬っていう読みか。…………ひょっとして、少年のモデルが奏汰さんで、愛犬の幽霊は陽向がモデル、だと思った？」

目を伏せたまま、葵がそっと聞いてくる。奏汰は少なからず驚いた。

葵の言うとおりだった。ハルキは、幽霊のモデルが片思いの相手だなどと言っていたけれど、奏汰には少年と幽霊――つまり死んだ愛犬が、自分と陽向に思えてしょうがなかった。

膝の上の本の表紙を、そっと撫でる。陽向の死がきっかけで、過去の自分は筆を執ったと来栖から聞いた。であればこの処女作は、陽向にもう一度会いたいと考えた自分が、その望みのままに書いたとしか思えない。そして、その推測が正しいとしたら、少年と幽霊にはありふれた幸せな結末を与えたのではないかと思う。

「うん。自分で自分の小説のモデルを予想するっていうのも変だけど、そんな気がした。良く分かったな」

「今の奏汰さんには、そう見えるかもしれない、と思っただけ。奏汰さんの愛情は、基本的にはシンプルだから」

そう言って、葵は目線を上げ、こちらを見た。

葵がこんなふうに回りくどいことを言うのは珍しくて、奏汰は眉根を寄せた。

「ん？　結局俺の読みは不正解ってことか？　幽霊はどうなるんだよ」

「ネタバレはしないでおく」

そう言うと葵は立ち上がり、奏汰の前に立った。見下ろしてくる葵と、椅子に座ったまま目を合わせる。

葵の口ぶりでは、幽霊のモデルは陽向ではないらしい。作品について、過去の自分と話したことがないと、さっき葵は言った。ということは、直接確かめたわけでもないだろうに、妙に確信を持っているように見える。ハルキが、幽霊のモデルは片思いの相手だと言っていたことを思い出す。にわかにどきどきと脈打ち始めた胸をなだめつつ、何気ないふりで聞いてみた。

「葵は、幽霊にモデルがいるとしたら、誰だと思う？」

真っ黒な瞳が二度、目の前で瞬く。そして、そのままゆっくりと近づいてきた。小説の幽霊は、やはり真っ黒い瞳を持っている。そこは葵に似ていると思った。額にそっと、柔らかいものが触れる。優しいキスだ。胸の奥がきゅっとして、唇が震える。

「葵」

「俺の愛情もシンプル。一度好きになったものはずっと好きで、変わらない。変えられない。覚えといて」

それだけ言って唇は離れ、葵が背を向ける。Ｔシャツ一枚になった葵の背中を、奏汰はぼうっと見送った。

ほわほわとした温かさを感じる肩に、そっと手を載せる。葵のカーディガンは大きくて、そのまま着ると袖から手が出ない。だらんと垂れ下がるダークグリーンの袖口を、何となく写真に収めた。「幽霊」とキャプションをつけ、フォトログに投稿する。葵は、この投稿を見たら何を思うだろうか。どこにもない答えを、探している気分だった。

同居を開始してから、この部屋に入るのは初めてだった。自分の家なのに、妙に緊張してひとつ咳払いをする。

「葵……？」

引き戸をそっと開け、声をかけて中の様子を窺う。廊下からの光が差し込む暗闇の中で、もぞりと大きな塊が動いた。寝袋にくるまった葵だ。胸の下あたりまでジッパーを下げた寝袋から、長い腕がにょき、と出てきて、頭をガシガシと掻いた。眠っていたようだ。

「悪い。七時出って言ってたから、気になって」

戸口に立ったまま、奏汰は言い訳のように言った。ふと目が覚めて、時計を見たら七時少し前だった。何となく起きて部屋を出ると納戸の戸が閉まったままだった。葵が出かけているとき、引き戸はいつも開け放たれている。眠る前の葵の言葉を思い出し、迷ったが様子を見ることにしたのだ。

葵がもぞりと上半身を起こし、枕元にあるランタンのスイッチを入れる。窓のない部屋がそこだけぼうっと明るくなった。いつの間にか、そんなものまで持ち込んでいたらしい。彼がこの部屋で暮らしていることを実感して、妙にくすぐったい気持ちになる。

「寝る前、朝イチのスケジュールが変更になったって、連絡来て……それ、俺のプロテイン？」

「え？　あ、毎朝飲んでるから、いるかなと思って。車移動だったら持って行けるし」

この部屋を訪ねる前に、冷蔵庫を確認したら作り置きがなかったので、思わず作ってしまった。葵が寝起きの目を見開いたのを見て、急に恥ずかしくなる。付き合ってもいないのに、まるで恋人気取りだ。

座ったまま葵が手を伸ばしてくるので、シェーカーを差し出してやると、差し出した腕をぐいと引かれ片手で抱きしめられた。シェーカーはもう一方の手に奪われてそのまま床に置かれる。

「あっ、おい」

「後で大事に飲む。今は、奏汰さん補給したい」

寝袋の上にずるずると押し倒されて、奏汰はこの後の流れを察した。葵との距離感は変わらないけれど、奇妙な同居生活には新たなルーティンが加わりつつある。

「最近忙しくて全然触れてなかった。溜まってない？」

そんなことを確認しながら、葵が触れてくるようになった。触れられるだけの時もあれば、一方的にいかされることもある。止めるべきだと頭では分かっていながら、結局毎回流されている。葵に抱きしめられると、頭が馬鹿になる。好きな人に触れられて、気持ち良くなるのを拒める理性の持ち主がいたら教えてほしい。

リストが終わるまでだから、と愚《ぐ》にもつかない言い訳をしている。一方で、こちらが抜いてやろうと伸ばす手は、拒まれ続けていた。越えられない一線は変わらず存在していて、でもそのことにもう、目を瞑っている。

ちゅ、とこめかみにキスが落とされる。まぶたや鼻の付け根、頬にも。今日はそのまま、首筋に唇が下りていった。くすぐったい場所へのキスに、身体が震える。胸元にあてられた右手は、ゆっくりと敏感な突起を探し始めた。

「……ッん、溜まって、ない、ていうか、お前、時間」

「あと三十分ある。触るだけ。溜まると奏汰さん、セフレに会いに行っちゃうかもしれない」

「あ……っ」

服の上から掌で擦られただけでぷく、とたち上がった乳首を、指先で潰されて声が出る。葵に触れられるようになって、だんだんと感じやすくなってしまったそこは、性器と同じくらい快感を拾う。声を我慢しようと、葵の肩をぎゅっと握ると、背中に回った左腕にぎゅっと抱きしめられる。同時に胸の先もきゅっと摘まれて、結局声が漏れてしまった。

「今日から舞台が終わるまで、マンションに戻ることにした。劇場から尾けてくるやつが多くなるから、念のため。しばらく会えなくなるから、いっぱい触っとかないと」

　葵がごそ、と大きな手をスウェットの中に突っ込んでくる。すっかり奏汰の形を覚えたらしい指先が、性器の先端のくびれをくすぐるように擦ってきた。同時に親指で裏筋をなぞり上げられると、急速に性感が高まる。

　声を我慢しながら、葵の首元に鼻をすり寄せた。葵の肌は真っ白できめが細かい。同じボディーソープを使っていても自分とは違う香りがする。浮き出た鎖骨の上で大きく息を吸うと、彼の香りが鼻腔《びこう》に満ちて恍惚《こうこつ》とする。思わず「葵のにおい」と漏らすと、性器を握る手の動きが焦ったように早くなった。乳首もぎゅっと、少し強く引っ張られる。

「ん、いた、いって」

「ちょっと痛いくらいが好きだよね。そのうち、こっちだけでイけるようになるかも」

　葵が学習の成果を口にして、戯れのように耳殻を舐めてくる。性急な愛撫に甘さが加わって、体温が上昇した。

「何言って、ん、あ、いく」

　甘ったるい空気の中で射精して、脱力する。

　ふー、と葵が細く息を吐いた。彼が性器を清めようとしてくるのを、その手からティッシュを奪って自分で拭う。あとでシャワーを浴びよう、と適当に後始末を済ませて下着とスウェットを引き上げる頃には、すっかり頭が冷静になっていた。朝から、何をやっているんだろうか。

「台本、読みながら寝てたのか？　映画か何か？」

ランタンの脇に、冊子が開いた状態で伏せてあることに、今更ながらに気づく。

あぐらをかき、もうぬるくなっているであろうプロテインを呷っていた葵が、ちら、とこちらに視線を寄越した。その股間で、布が張っているのは見ないふりをする。

「いや、これは舞台の。……奏汰さんはあんまり興味ないでしょ、俺の仕事」

「別に、そんなことないけど」

葵が否定的な物言いをするのが珍しくて、自分も胡坐をかいて彼に向き合う。葵の上下する喉ぼとけに、つい目が行った。性的に触れられるようになってから、葵の様々な部分が、妙にセクシーに見えて困る。

「無理しなくていいよ。俺の出てる作品、ほとんど見たことないって言ってた。見るつもりもないって」

「それも、前の俺か。随分失礼だな」

葵から伝え聞く、以前の自分の言動には、本当に驚かされる。興味がないなら黙っていればいいものを、どうしてそんな宣言をしてしまうんだろう。それに、本当に興味がなかったのかも疑わしい。

葵は肩を竦め、何でもないことのように言った。

「奏汰さんは俺が俳優やってるのが嫌みたいだった。理由は一度も教えてくれなかったけど」

「成功した後輩に嫉妬してたとか？　単なる嫌な奴だな」

「奏汰さんの性格からして、嫉妬は絶対にないでしょ。口では嫌がってたけど、結局は優しかったし。駆け出しの頃、緊張する仕事があるって言ったら、香りがいいってアドバイスくれた。安心できる香りを見つけて、緊張した時かげば良いって。俺が香水とか分かんないって言ったら、選んでくれた。それからずっと、大事な仕事の時に使ってる」

そう語る葵の唇が、いつかと同じように薄く微笑みの形を描いているのを見て、奏汰はむず痒い気持ちになった。普段無表情な彼のひっそりとした笑みは、人知れず咲く小さな花のようだ。自分だけが、この花を見つけたのだと、見る者を錯覚させるような。

これ以上好きになってもどうしようもないと分かっているのに、惹かれてしまう。

「俳優になったのって、上京するためって言ってたっけ」

「上京した奏汰さんを追いかけるため、ね。そもそも、自分が映画監督になったら俺のこと撮りたいって、奏汰さんが言った。それが始まり。その時からずっと、俳優になるって選択肢が頭のどこかにあった」

プロテインシェイカーを脇に置き、葵がじっとこちらを見てくる。複雑な感情が、奏汰の中を渦巻いた。

記憶にない過去の自分が、葵の人生に何度も影響を与えている。葵に恋している人間として、彼の頭を支配している過去の自分を羨ましいと感じてしまう。葵を振り回し、ひどい言葉で突き放し、それでも彼を惹きつけてやまなかったらしい、過去の小嶋奏汰が。

自分自身に嫉妬するなんて、不毛すぎる。皺《しわ》の寄る眉間を指でぐっと押した。

「確かに、映画監督が夢だったことあったわ。十歳の時はじめて映画館で映画見て、すごい感動したんだよな。文集にも、夢は映画監督って書いたし」

「陽向の病室で奏汰さんに会った時、めっちゃ日焼けしてて見た目は完全にサッカー少年なのに、話してみたらめちゃめちゃ映画に詳しいからびっくりした」

思い出を、懐かしむように葵が言う。

記憶は、中学卒業でほぼ途切れている。その後に葵に出会ったのだと思うと、不思議な気分だった。

「映画にはまったあとサッカー始めて、中学で部活に入ったらサッカー中心の生活になったんだよな」

「サッカーと映画、どっちが好きだった？」

「ええ？　別にそんなの、どっちとかないだろ」

葵の唐突な質問に、奏汰は返答に困った。葵は何故か、神妙《しんみょう》な顔をしている。

「……陽向がさ、兄貴に無理にサッカーをやらせて、後悔してるって言ったことがあって」

「陽向が？」

急に飛び出してきた弟の名前に戸惑う。聞き返しながら、ふと脳裏を過った光景に奏汰は目を瞬いた。

「兄貴は、俺が兄貴から何を奪っても何でもない顔してる。いつもそうなんだって」

続く葵の言葉に、やはりあの時のことか、と小さく息を吞む。

中学卒業を間近に控えた春、陽向と二人、漫画を読んでいた時のことだ。

――にいはさ、高校の部活どうするの？　高校だったらさ、映研とか写真部とかある？

――あると思う。ま、サッカー部入るけど。

――映研入りなよ。

――なんで？

――にいは映画が好きだから。写真部でもいいけど。写真も好きでしょ。

――サッカーが好きだから、サッカー部入るよ。

サッカー部に入るのは自分の中で確定事項だったからそう答えると、陽向は黙り込んでしまった。不機嫌な気配が伝わってきたものの、何が弟の気に障ったのか分からず、困惑した。

――サッカー好きなのは俺だよ。にいの馬鹿。

――は？　なんでだよ。

――もうサッカーしなくていいよ。

――何言ってんだ、お前。

――……分ってるくせに。

弟の顔に、いつもの笑みは影も形もなく、恐ろしいほど真剣な顔をしていた。

その翌日、玄関脇に置いていたサッカーボールがなくなっていることに気づいた。十歳のクリスマスに、陽向と色違いで贈られたボールだった。奏汰がブルーで、陽向がグリーン。小学生用のサイズだから、その頃にはもう使わなくなっていたけれど、二つのボールはまるで飾りみたいに、ずっと玄関に並べられていたのだ。けれど気づけば、青のボールが消えている。

直感的に、陽向が隠した、と思った。前日の、喧嘩とも呼べないような会話を思い出した。

どうして陽向が自分に、サッカーを辞めさせたがっているのか分からなかったけれど、陽向を問い詰めはしなかった。どうせもう使っていないボールだし、弟と言い争うのは得意ではない。自分は何だって許したくなるし、しかしそういう態度を見せるとかえって陽向は怒るのだ。奏汰は消えたボールについて、何も触れなかった。

緑のボールだけがぽつんと残る玄関の風景とともに、そのときのもやもやとした気持ちも蘇って、奏汰は目を伏せた。あの時陽向が何を考えていたのか、今になって聞くことになるとは。

「……陽向は別に、俺から何も奪ったりしなかった」

小四の頃、地元のサッカークラブに入ったのは、確かに陽向の熱心な勧めがあったからだ。でも中学に入ってサッカー部を選んだのは自分の意志だし、キャプテンを務めるほど熱中もした。別に何も奪われたりしていない。

「奪ってたよ。おやつのリンゴとか。この人、独占欲とかないんだなって思ってた」

感傷に浸っていたのに、葵が真顔でそんなことを言うので、少し笑ってしまった。

「別にいいだろ、リンゴくらい。てか、時間は？」

「まだ余裕あるけど、そろそろ行く。俺、しばらく帰ってこられないけど、奏汰さん、俺に会いに来てくれる？」

立ち上がった葵が聞く。葵の部屋は、都心の一等地にある高層マンションだと聞いていて、合い鍵も押し付けられている。正直、葵がどんなところで暮らしているのか、興味はある。けれどそこは、一線の向こうだと感じていた。葵がラインを引いているなら、自分も引かなくてはいけない。奏汰はただ肩をすくめてみせた。

柄にもない早起きの末、結局ソファで寝直した奏汰は、違和感とともに目を覚ました。何かがひどく耳障りだ。葵を見送って、家には自分一人のはずだ。狭いソファの上で寝返りを打ったところで、却って音がうるさくなって、発信源が身体の下敷きになっている携帯だと気づいた。

アプリの通知音が断続的に鳴り響いている。状況が分からず携帯を手に取ると、画面が通知メッセージで埋め尽くされていた。ぼんやりとメッセージの文字を目でなぞるうち、寝ぼけていた頭が急速に覚醒していく。数秒後には手が冷たくなり、全身に冷や汗が滲んでいた。

九百九十九件以上の通知を受け取っていたのは、フォトログのアカウントだった。大量のメッセージの中に「高山葵」の文字が繰り返し現れる。

江ノ島の投稿は消したはずなのに、今更、どうして。焦ってアプリを確認すると、昨夜アップした写真へのコメントが目に入った。

『このカーディガン、昨日の舞台裏で着てたやつ』

『藤崎《ふじさき》君があげてた写真でも着てた！』

『稽古後に合流して、リアタイでアップしたってこと？　マジで言ってる？』

『メゾンマキナのカーディガン、メゾン５ｔｈアニバーサリー特定 #高山葵』

けれど、コメントがついているのは昨日の写真ばかりではない。過去の投稿まで膨大な数のアカウントによってシェアされ、コメントをつけられているようだった。

『この日付、この試写会、高山葵も同席確定』

『蓮根、トマト、ひき肉のカレーは高山の思い出のカレーと一致。匂わせ女死ね』

『ブルーレイパッケージのマリナ１９９６、シネ研インタビュー内容と一致』

寝そべっていたから、倒れることはできなかった。いっそ気を失いたかったが、逃げるわけにはいかないとも分かっていた。何が起こっているのか、把握しようとひとつのメッセージを読む間に、次から次へとコメントがつく。

奏汰の投稿のコメント欄は、それぞれが葵のファン――あるいはアンチなのかもしれないが――の、コメントを交わす場になってしまっているようだった。

『前に高山葵そのものが写ってる写真もあったらしい』

『消されてるんだったら、ガチじゃん』

『いやだいやだいやだ信じない』

『かなりやばくない？　なりきり？　それか、自分が葵の恋人だって思い込んでる？』

『精神科案件かもです！』

『仮恋のときのインタビューね、確かにあれインパクトあった。発売日、界隈みんな死んでたもんね』

『ああいうの話すキャラだと誰も思ってなかったところからの大暴露ｗ』

『共演者から演技サイボーグとか言われてたのに、直前に世戸と芸春報ぶっぱされて事務所沈黙からの高解像度コイバナ、すごい神経してるなとおもた』

フォトログのプロフィールでは、名前や職業はもちろん性別も年齢も明かしていない。コメントの内容から、どうやら自分が葵の交際相手、または交際を仄めかすファンだと思われていることが分かってきた。江ノ島の投稿を偶然、ハルキ曰くネットストーカーに発見された時と同じだ。ただ、葵が映っていない写真が、どうして葵と結びついたのか分からない。もしかしたら、江ノ島の写真を発見された日から、ずっとアカウントを監視されていたのかもしれない、と思い至って背筋が凍った。

慌ててアカウントを非公開にしたけれど、もう手遅れであることは明らかだった。攻撃的なコメントを読み続けていても事態は好転しないと分かっているのに、画面をスクロールする手を止められない。

それにしても、この「なりきり」というのは何だろう。たびたび登場する「インタビュー」という単語も気になった。合わせて「シネ研」や「仮恋」という固有名詞もちらほら見つかる。

シネ研は、古くからある王道の「シネマ研究」という映画雑誌のことだろう。訳が分からないまま、「シネマ研究　高山葵」で検索をかけると、数冊のバックナンバーが該当する。その中で、ひとつの見出しが目に飛び込んできた。

「映画公開記念一万字インタビュー、『高山葵の忘れられない恋』……」

見ない方が良い、と直感が叫んでいた。知らない方が良いことというのが、人生には思いのほか多い。それでも、電子版の購入ボタンを押さずにはいられなかった。

表紙には、今よりも短い前髪をセンターで分け、まっすぐにこちらを見つめる葵がいた。直視できず、先へ、先へと画面をタップした。「個性的な脇役で存在感を発揮してきた注目度ナンバーワンの若手俳優・高山葵が主演映画「仮の初恋」の公開を控えて初恋を語り尽くす――」そんな見出しで始まるインタビューページの中の葵は、目を伏せて控えめに微笑み、忘れられない初恋を語るにふさわしいアンニュイさを漂わせていた。

「――初恋は中学生の頃。そばにいたいとか、自分のものにしたいとか、初めてそういうことを感じた相手です。

――危なっかしい人でした。傷つきやすくて繊細《せんさい》だけど明るくて、人を惹きつける。ずっとそばにいたかったけど、できませんでした。

――思い出は、たくさんあります。その人の家のカレーの味とか、読んでいた本とか。

――カレーは、ルーじゃなくてカレー粉で作ったやつで。具はトマトと蓮根だけでした。自分の家と全然違うなって。

――初めて二人で見た映画は、「マリナ１９９６」っていうホラーです。スプラッタな感じの。「仮の初恋」のような、ロマンチックな内容だったら良かったんですが。

――印象に残っているデートは、ないです。その人とはデートできませんでした。他の人と？　あまり思いつかないですね。本質的には、その人にしか恋したことがないのかもしれません。

――理想のデートは、海かな。地元には海がないんです。学生のうちは車もないから県外には気軽に行けなくて。だから海でのデートに、ずっと憧れがあります。でも、免許を取ってからも、結局は行けていません。行く相手がいないので」

読み終えるのに、ひどく時間がかかった。口調などが修正されているのか、どこか別人のようにも感じる葵のインタビューには、彼の初恋が思った以上に詳細に綴られていた。当時の葵を、ありありと想像できるほどに。

いや、実際に自分は恋する葵を見たことがあったのかもしれない。奏汰は少し熱を持った携帯電話をきつく握り締めた。インタビューを読み進めるたび頭にちらついたのは、陽向のことだった。

葵と陽向が出会ったのは中学だ。ルーを使わないカレーは陽向のために母が作っていたもの。陽向はロマンチックなものよりホラー映画を好む。登校さえ月に数度が限界だった陽向と、デートすることは難しかっただろう。そして十四の夏に、永遠に、陽向とデートすることはできなくなった。繊細で傷つきやすく、でも明るくて人を惹きつける。

陽向だ、これは陽向のことだ、と叫びたくなった。

自分が書いたリストを実行していたつもりが、何故か葵の初恋をなぞっている。葵と、もしかしたら陽向の初恋を。

心臓が、まるでホラー映画を見ている最中みたいにどくどくと音を立てている。

リストの実行を強固に主張したのは葵。一風変わったカレーを作ったのも、二人で見る映画を選んだのも、海辺の水族館に行くことを決めたのも葵だ。その事実が意味する先を、考えることを頭が拒否する。

奏汰は立ち上がり、ワークデスクまでふらふらと歩いた。一番上の引き出しを引くと、少し古ぼけた水色の封筒がある。

改めて、それを手に取った。中の便せんは劣化しておらず、誰かが昨日書いたものだと言われれば、そんな気もする。遠い昔に、自分がこんな乙女チックなリストを作ったと考えるよりも、他の誰かがいたずらで書いたと言われる方が、しっくりくる。それでもこれは、紛れもなく自分が書いたものだと、そう思っていた、けれど。

視線が、便せんに並ぶ文字に吸い寄せられる。

「この字……」

指が震え、視界が揺れる。幼稚園にも小学校にもなかなか通えなかった陽向に、字を教えたのは自分だ。素直な陽向は、三歳上の兄が書いた上手いとは言えない字を真似てドリルを埋めた。陽向の字は、自分にそっくりなのだ。ひらがなの「の」の縦線が、丸い部分を突き抜けて伸びる癖以外は。

恋人としたい七のこと。題字の八番目の文字は、まさに特徴的な陽向の「の」だった。どうして今まで気づかなかったのだろう。このリストを書いたのは、陽向だ。

「陽向……」

名前を声に出すと、驚きと懐かしさで、息が詰まった。陽向が、こんなものを書いていたなんて。

人生のほとんどを病室と家の往復で過ごした弟は、恋を夢見てこのリストを書いたのだろうか。過去の自分は、陽向からこれを見せられたのだろうか。便せんに浮かぶ字を、指の腹でそっとなぞる。

いや、陽向はストレートに恋愛話をするタイプではなかった。ということは、彼が居なくなった後に、発見したのかもしれない。どちらにしろ、自分はそれをずっと取っておいた。捨てられるわけがなかっただろう。そこまでは容易に想像がつく。

でも、どうして陽向の死後十年以上経ってから、そのリストを実行に移そうなんて考えたんだろう。何かきっかけがあって、弟の夢を叶えようとしたのだろうか。そのうえで、弟の友人である葵を相手に選んだ。――本当に？　ぐにゃぐにゃと、今見えている現実が歪んでいくような錯覚にとらわれる。

自分は本当に、リストの実行を葵に持ち掛けたんだろうか。

元を辿れば、葵がそう言ったから、このリストは自分が書いたものだと思い込んでいた。いや、思い込まされていた、という方が正しいのかもしれない。その事実に気づいて、背筋がぶるりと震える。

葵が俳優だと知ってそれを問い詰めた時、ついでのように告白されたけれど、葵は出会いも偽っていた。陽向の同級生だということを、隠していた。今考えてみれば、「陽向の同級生」の方によほど重要な「意味」があったんじゃないか。

葵が隠し続けている何かには、陽向が関係している。

例えば、葵の初恋の相手は陽向だったとか。

奏汰はリストを握り締め、暗い部屋に立ち尽くした。

新宿駅から茅野までは、わずか二時間、電車一本で到着する。たったそれだけの距離だけれど、母の言葉を信じるなら、大学進学以降一度も帰っていないらしい。いつでも帰れると考えて東京で忙しくしていただけなのか、何か帰りたくない理由があったのか。家族仲が悪くないことを思えば、後者の可能性が濃厚だった。

リストが陽向の書いたものだと気づいてたっぷり一時間は放心した後、ふらふらと家を出て、気づけば特急に乗っていた。勢いだけで戻ってきた長野で、何をするかは決めていなかった。陽向の墓のことがまず頭に浮かんだけれど、場所を知らない、というか覚えていない。地元の駅に着いた後は、足が自然と中学校へと向かっていた。雨上がりなのか、地面が濡れて光っている。通学路の街並みは記憶と何も変わっていなくて、懐かしさとともに、記憶がある有難さを噛み締めた。

森が丘中は、自分が、そして卒業後には陽向と葵が通った中学だ。十年以上前の話で、今訪れてもそこには何もない。頭では分かっていたけれど、向かわずにはいられなかった。

視界に校舎が現れると、懐かしさが胸を満たす。日曜の昼すぎ、閉じた校門の向こうは静まり返っていた。雨が降っていたせいか、グラウンドに運動部の姿はない。けれど校舎にも人影はなかった。そういえば、そもそも日曜日には部活がなかったかもしれない。別に記憶喪失にならなくても、人間の記憶なんて不確かなものだと自嘲《じちょう》する。

ぼんやりと無人の校庭を眺めていると、声をかけられた。

「そこで何なさってるんですか」

いつの間にか近くに、警戒心を丸出しにした眼鏡の中年女性が立っている。おそらく教員だろう。スラックスに丸襟のブラウス姿は、まるで母を見るようだった。

「あ、すみません。ここの卒業生で、小嶋奏汰といいます。久々に帰省したので寄ってみたら、懐かしくて。ちょっと中を見られないかな、と思って」

「あら、よく見れば……確かに著者近影で拝見したお顔だわ！」

途端に人の好い笑みを浮かべた女性は、予想通りこの中学の職員らしい。奏汰はあれよあれよという間に校内へ招き入れられ、来賓用のスリッパを履かされた。

「あなたの本、図書室にあるわよ。生徒に、この作家はここの卒業生よって教えてあげると、みんなびっくりするの」

そう言って通りすがりの図書室を示す彼女のあとを、ペタペタという足音を響かせ、ついていく。在学中にはまるで縁のなかったその部屋に、自分の本があるなんて不思議な気持ちがした。

「職員室にいるから帰る時、一声かけてね。今日は私と、もう一人しか先生がいないの」

そう言って職員室に入っていく彼女を見送った後、奏汰は歩き始めた。

学校に入れるとは思っておらず、特に目的もないので、リノリウムの廊下をただまっすぐに進む。視聴覚室、理科室、調理室――それ以外で一階にあるのは、一年の教室だ。

陽向が亡くなったのは、中二の夏。ふと、彼が最後に通った教室を見たくなった。しかし二階に上がったはいいものの、陽向のクラスを知らないことに気づいた。母に聞けば分かるだろうが、わざわざ電話して、記憶が戻っていないことを誤魔化すのもつらい。仕方なく、A、B、Cと三つの教室が並ぶ廊下を、ゆっくりと歩いた。

どの教室も引き戸は開け放たれていたけれど、踏み込むことが躊躇われ、素通りする。

しかし最後のC組の前を通り過ぎた時、ばた、と音がして、奏汰は振り返った。教室の奥、校庭に面した窓が開いていて、カーテンが大きくはためいている。何かに吸い寄せられるように、奏汰は中へ足を踏み入れる。

制服を着ていた頃の気持ちが蘇った。

中学二年の教室に、陽向は何回通えたのだろうか。どの椅子に座っただろうか。過去へ過去へと、思考が向かってゆく。

ぼうっと立ち尽くしていると、湿気を孕《はら》んだぬるい風が、髪を、頬を、唇を、そっと撫でていった。雨上がりの校庭のにおい。揺れるカーテン。

「あ」

その瞬間、奏汰はすべてを思い出した。

十二年前、陽向の死んだ夏、ここで葵とキスをした。

先に葵と出会ったのは、陽向だった。森が丘中に進学した陽向は「映画鑑賞B」という課外クラスを選択した。毎週一本の映画を鑑賞し、生徒はオンライン上に感想をアップして、意見を交換し合う。一年のほとんどを病室で過ごす陽向は、ベッドから参加できるその授業を気に入っていた。その週に観賞する映画のＤＶＤを、陽向に届ける役目を主に担っていたのが葵だった。

高校に進学し、勉強にサッカー部にと忙しかった奏汰が、葵と顔を合わせたのは梅雨に入った頃だ。たまたま、陽向本人は病室に不在だった。折り畳み傘を持つのを面倒くさがった挙句のずぶ濡れ姿で、葵に出会った。奏汰は葵の制服を見て、すぐに弟の友人だと気づいた。

陽向のお兄さんですか、と葵は聞いた。慌ててタオルを取り出し、雨水がみっともなく滴る髪を拭いながら奏汰は頷いた。お見舞いに来てくれたんだ、ありがとう。陽向の友人が病院まで来ることは珍しく、心の底からの言葉だった。葵は無表情のまま、係なので、と答えた。

係？　映画のやつか、先週はトリュフォーを見てたよな。今週はゴダール？　先月はジブリばっかりだったのに、今月は渋すぎないか。陽向はホラーとかミステリーが好きなんだ。授業ではどんな感じにしてる？　陽向の友人と会話できることが嬉しくて、少し舞い上がっていたような気がする。自分が知らないコミュニティでの弟の様子に興味があって、矢継ぎ早に質問した。

会話が弾んだ記憶はない。ほどなくして戻ってきた陽向は、終始上機嫌だった。陽向が葵に好感を抱いていることは、すぐに見て取れた。普段は「にい」と呼ぶくせに、同級生の前では格好をつけて「兄貴」と呼んでくる弟が、可愛くて仕方なかった。

その後、葵と街の本屋で偶然再会してから、恋に落ちてしまうまで、そう時間はかからなかった。葵の好意に気づいたのが先だったか、自分の気持ちを自覚したのが先だったか、記憶は戻ったはずなのに、よく思い出せない。

葵は変わった子供で、中学生にして既に自分の世界を持っていた。学校はさぼりがちで、自分の関心事以外には目もくれない。重病人の陽向相手に過剰な配慮も遠慮もせず、そういうところを陽向は気に入ったのだと思う。当時の葵は映画とキャンプに夢中だった。そこに加わった三つめが、多分、自分だった。

葵の美しさは、その頃から群を抜いていた。中学生時代の葵は今より中性的で、顔だけ見れば完全な美少女だった。小児病棟の他の患者や看護師たちからも可愛がられ、けれど本人は外見や、周囲の反応には全く無頓着《むとんちゃく》だった。陽向と同じで大人びたところがあり、対等に話せる相手に飢えていた。

いつも無表情で愛想のない少年が、自分にはなついて、かすかな笑顔を見せる。それは、彼が陽向に見せる顔とも違っていた。自分の前でだけ咲く、特別な花を見つけた気分だった。その時まで楽しい事は何でも陽向と分かち合ってきた。けれど葵の分かりにくい笑顔のことは、陽向に話さなかった。

三つ年上の奏汰が踏み出せなかったのは、躊躇いを抱えていたからだ。陽向が葵を好いていることは確かだった。その好意が、親友に抱く友愛なのか、それとも恋なのか、外側から判断するのは不可能だった。そして万が一にでも、弟が葵に恋しているとしたら、奏汰にとって葵は絶対に恋してはいけない相手だった。仮に陽向が葵に恋愛感情を持っていなかったとしても、弟の友人とそういう関係になるのは、良いことだとは思えなかった。だから出会ってから一年、弟の友人として葵に接した。

けれど、十四歳の葵にはブレーキがなかった。彼は恋を自覚するや否や、行動に出た。病院からの帰り道、家まで送ると言い張ってついてくる。奏汰も映画が好きなのだと知ると、父のコレクションだという名画のＤＶＤを、何本も貸してくれた。両親も陽向も不在の小嶋家で、二人きりで映画も見た。苦手を隠してホラー映画を見た時、思わず抱きついてしまった葵の身体があまりに熱くて、奏汰は恐怖した。その日はそれ以上のことはなかったけれど、あと少しでも近づけば、もう戻れなくなると分かった。

だから、奏汰は葵の誘いを断った。

葵と出会ってから一年が経った頃で、また梅雨が巡ってきていた。

陽向のまれな登校日、奏汰は部活を休んで、森が丘中まで弟を迎えに行った。トイレに行った陽向の戻りを待つ、放課後の教室でのことだった。葵から、電車で一時間かかる街にある名画座に一緒に行きたいと言われて、どうしてもその誘いが受けられなかった。プラネタリウムは、と食い下がられたけれど、それも断った。

ごめん、と断った瞬間、彼の耳がぱっと赤らんだ。その当時から、葵は背が高かった。

目線より少し高い位置にあるそれに、視線が吸い寄せられた。耳朶《じだ》が薄くて形の良い耳が、発火《はっか》しているみたいに赤く染まっている。ごめん、俺、と自分でも何を謝ろうとしているのか分からないままもう一度謝罪の言葉を口にした瞬間、視界が陰った。気づいた時には唇が重なっていて、全身が雷に打たれたみたいに痺《しび》れた。

誘いを断ったことなんて何の意味もなかった。葵は本能で、こっちの気持ちをかぎつけているみたいだった。触れた唇から、葵の熱を感じた。葵の恋も自分の気持ちも、この上なく確かになり、世界は突然完璧なものになった。その時のことは、コマ送りのようにすべての瞬間をはっきりと思い出せる。

ガラ、と扉が開く音がした。反射的に扉を見た時視界に映ったのは、自分に似た、薄い色の瞳。翻った薄茶色の髪。細い背中。

それらを目が捕らえた瞬間、突き飛ばすようにして目の前の身体から離れた。陽向に見られた。目が合ってしまった。明らかに、その瞳は傷ついていた。自分は取り返しのつかないことをしたと分かった。完璧な幸福は一瞬にして消え去り、弟を傷付けたという恐怖と後悔が、世界を覆い尽くした。

病気のせいで走れない陽向にはすぐ追いついた。並んで帰宅する途中、葵のことが好きなのかと聞かれ咄嗟に、違うと答えた。すると、さっきキスをしていたかと聞かれ、それにも首を振った。陽向は「そう」と静かに答えた。漂う気配で、一日のうちに三度も、陽向を傷つけたと知った。

それ以降、お互いに葵のことには触れなかった。病室を訪ねれば陽向はいつも通りの笑顔を見せたけれど、奏汰は自分の言葉全てが、弟に届かなくなってしまったように感じた。何度も謝ろうとして、しかしどう切り出せばいいか分からなかった。葵を好きじゃないと、キスもしていないと嘘をついて陽向を傷つけた。けれど嘘を認めて葵が好きだと白状すれば、陽向を今以上に傷つけかねない。逡巡するうちに時は過ぎた。

そしてわずかひと月後、陽向は旅立った。終わらない地獄の始まりだった。後悔は尽きず、何をしていても陽向のことを考えてしまう。こんなふうにぎこちないまま永遠に別れることになるのなら、たとえ陽向を更に傷つけることになっても、本当のことを話した方が良かったのかもしれない。取り返しのつかないことをしたと悟った。

陽向の死後、病室を片付けていて、封筒に入ったリストを見つけた。恋人としたい七のこと。陽向は素直で明るいが、生まれつき大病を患《わずら》っていたせいか、大人びて達観《たっかん》したところがあった。

恋に恋して書いたものではない、と思った。陽向は恋をしていたからこそ、あのリストを書いた。そして、陽向にそういう相手がいたとすれば、それはやはり葵以外にいない。自分は陽向の恋を壊したのだ、と思い知った。読んだのは一度きり。あまりに辛くて、読み返すことはできなかった。

葵とは、二度と会わないと決めた。顔を見れば、心が壊れてしまいそうなほど揺れる。罪悪感に押し潰されそうになってなお、自分の中に彼に恋する気持ちが残っていることが許せなかった。恋心を、陽向のリストとともに、誰にも――自分すら触れられない場所へしまい込んだ。

その後、逃げるように東京へ進学した。陽向のことが頭から離れず、小説を書き始めた。葵と再会したのは、陽向の死から四年が経った頃のことだ。フットサルサークルのノリについていけず、何となく所属した映画同好会の飲み会に、他大の映研に所属していた葵が現れた。大学に通う傍ら駆け出しの俳優として活動しているのだと、葵は奏汰に告げた。

他人の目などまるで気にせず、自己表現とは対極にいるようだった葵が、俳優という職業を選んだことにひどく驚いた。中学生の頃とは別人になったのかもしれないと思った。けれど葵は葵だった。四年の空白などまるでなかったかのように、中学生の時と同じ勢いで迫ってくる。いや、そこに年齢を重ねた分の狡猾《こうかつ》さが加わり、手に負えなかった。いつも不意に現れる彼を、奏汰は拒めなかった。口数が少ないのに押しが強く、幾度となく心の壁を打ち壊されそうになった。時には言葉で、だいたいは行動で、彼は奏汰に気持ちを伝えた。

陽向のことは、互いに一度も触れなかった。触れさせなかった。ただ葵は、奏汰が逃げた理由を理解していると暗に示した。

「待っている」と、言われたのはいつだったか。大人数で飲み明かした日のことだ。明け方、カラオケルームから一人抜けだしたはずが、葵がついてきていた。雑居ビルの外階段からは、白々と明けていく繁華街が見渡せた。秋が終わる十一月の朝は冷たく、薄手のニット一枚の奏汰はくしゃみをした。葵は自分のカーディガンを奏汰に着せかけて、そのまま顔を寄せてきた。奏汰は流されるままキスを受け入れそうになり、ギリギリのところで顔を背けた。

葵とは、もう二度とキスできない。そのことに気づいたのはこの時だった。

——待ってる。奏汰さんが自分を許せるまで。忘れないで。

カーディガンに残る葵の温もりに包まれながら、奏汰は錆《さび》ついた階段の手すりを眺めていた。葵は大馬鹿だと思った。

そのあと何度かキスの距離を許してしまうことがあったけれど。その度に陽向の傷ついた瞳が脳裏を掠め、絶望した。未来はないと思った。

どれだけ拒んでも、傷つけても、葵は追ってきた。飲み会で女子とキスしても、セフレとのセックスをあけすけに語っても、挙句の果てには、誰でもいいから他の奴と寝ろと突き放しさえしても。まるで雛が最初に見た生き物を親と思うような一途さで、奏汰を求め続けた。

拒み続ける一方で、奏汰は葵と完全に縁を切ることもできなかった。葵の外見や存在感は磨かれ続け、地上波のドラマや映画への出演も増え、奏汰だけが知る花ではなくなった。決して近づかせはしないくせに、彼が大事な日には自分の選んだ香水をつけているというその事実で、歪んだ支配欲を満たしていた。たまに酒を飲み、年上ぶって香水を選んでやるくらいが、奏汰が自分に許す葵との距離だった。それでも心のどこかで、彼がずっと自分のことを思っていると信じ続けていた。

でも、あの日葵は言ったのだ。

——これで、終わりにする。ごめん。

再会から八年が経っていた。自分を追いかけ続けた葵は二十六歳になり、押しも押されもせぬ人気俳優の座を獲得していた。

潮時なのだと分かっていた。でもその瞬間に、世界が変わってしまった。

平静を装って頷き、彼の前から消えようとした。これでよかったのだと、必死で自分に言い聞かせた。いつかは終わりが来る。分かっていたはずだ。それを願っていたはずだ。だって、葵と幸せになることはできない。

それでも、何もかもが色を失った。葵と飲んでいた新宿のバーから、どうやって帰ったか覚えていない。一度自宅に戻ったけれど、眠れず、再びふらふらと外を彷徨った。踏切のあたりで、いるはずのない葵の声が聞こえた気がして、そこからは走った。

そして、階段で足を踏み外した。全身の激しい痛みと、それを増長するかのように響くサイレンを思い出せる。

そうだ、俺は、葵の答えを受け入れられなくて、階段から落ちた。


新宿駅に着いたのは夜の八時過ぎだった。いったん自宅へ戻って必要なものをまとめ、再度家を出たのが十時頃。以前聞いた住所を頼りに、都心の一等地にそびえ立つタワーマンションにたどり着くのには、三十分ほどかかった。

「奏汰さん。来てくれたんだ」

合い鍵は使わず、エントランスから呼び出すと、モニター越しの葵はひどく驚いていたけれど、喜んで迎え入れてくれた。ホテルのような絨毯敷きの内廊下から入った葵の部屋は、中もホテルのようにピカピカだった。

「疲れてるとこ、突然ごめん」

最寄り駅から電話して在宅を確認した時はまるで考えていなかったが、彼が舞台の初日を明日に控えた身であることを思い出して、まずは謝罪する。

スウェット姿の葵の後ろを大人しくついていくと、三十畳はありそうな広々としたリビングダイニングに案内される。リビング側にソファ、ダイニング側に簡易なテーブルだけがある部屋はどこか寒々しい。窓の外には観光ガイドに載りそうな東京の夜景が広がっている。L字型の大きなソファには、空のペットボトルがあった。

　このマンションに来るのは初めてだった。記憶を失う前も、失った後も、来るつもりはなかったけれど、今の葵の成功とその地位を象徴するような場所は決別にはふさわしいかもしれない。

　それに何より、自宅で葵と対峙することは避けたかった。あの家には今や、葵との思い出が詰まっている。記憶を失った自分が、無邪気に葵と過ごし、二度目の恋をした時間が。あの場所ではきっと、理性を失う。

「俺の方こそ謝らないと」

「え？」

　ペットボトルをスタイリッシュな銀色のゴミ箱に放った葵が、くるりとこちらを向き直る。

「奏汰さんのフォトログのアカウントがひどいことになったって、マネージャーから聞いた。奏汰さんがずっと使ってたアカウントなのに、俺のせいで、ごめん」

　あの騒ぎが、既に葵の耳にも届いていたのか。今日の午後に起こったことが怒涛《どとう》すぎて、目覚めを襲った出来事が既に遠く感じる。

「あ……ああ。あれは俺も迂闊《うかつ》だったたし……むしろ俺が迷惑かけた側だろ」

あまり生活感のない空間が落ち着かなくて、きょろきょろと視線を彷徨わせる。

ソファに座った葵に手招かれたけれど、腰を下ろす気になれず、バックパックだけを床に下ろした。

「すごい家だな。こんな部屋があるのに、窓もない納戸で、寝袋で寝てたのかよ」

「ここは事務所の寮みたいなもんだから……こっち来て」

来てと言いながら、自分から距離を縮めてきた葵に腕を取られ、自宅のそれとは比べ物にならない大きなソファに引きずり込まれて後ろから抱きしめられる。

「あの家の方が良い。ここには奏汰さんがいないから」

そう言う葵が、身体に回した腕の力を強めてきて、まるでぬいぐるみにでもなったような気がした。シャワーを浴びた直後なのか、葵からは石鹸《せっけん》の香りがして、長野と東京を往復してきた自分のにおいが気になる。

いや、今はそんなことはどうでもいい。決着をつけるために、ここまで来たのだから。

「フォトログのコメントで、俺はお前の初恋の人になり切ってるって書かれてた。シネ研のインタビューも読んだ。お前の忘れられない初恋ってやつ。あれは何だ？　お前の初恋と、リストの内容が被ってるよな？」

聞きながら、胸に回っている葵の腕にそっと触れる。顔は見えないけれど、身体が密着するこの距離で、嘘はつけないだろう。

「……そうだね」

「説明しろよ、あ、ちょっ……」

抱きしめられたまま、くるりと上下を入れ替えられ、ソファに押し倒される。

「被ってても何もおかしくない。俺の初恋は奏汰さんだから」

囁きに脳がとろとろと溶けだしそうだった。何も知らないふりで、流されたい。奏汰はぎゅっと目を瞑り、葵のにおいを吸い込んだ。

拒もうとしたのに、結局は何もできないまま、その熱を甘受《かんじゅ》してしまう。

だって、ずっと触れられたかった。思いきり抱きしめて、好きだと言いたかった。高校生の頃から、ずっと。誰とセックスしていても。

葵が何を隠しているのか、結局分からない。けれど嘘をつき続けてくれるなら、このまま抱きしめられていてもいいんじゃないかと思ってしまう。

葵を拒み続けた過去も、突き付けられた別れも、無かったことにして。

「この部屋に奏汰さんがいるって、変な感じ。興奮する」

「あお、い」

媚びるみたいに名前を呼ぶと耳元で葵の息が弾んで、大きな掌が腰から背中を撫であげた。それだけで、全身に快感が弾ける。興奮で呼吸が浅くなり、彼の指先が胸元を掠めただけで「あ」と声が出た。それを聞き逃さなかった葵が、指の腹ですりすりと突起を撫でてくる。

「気持ちいい、葵……」

「……っ」

素直な言葉をこぼすと、葵が息を詰める。耳元に吸いつかれて、背中が撓った。

葵はどんなつもりで、一度振った相手と一緒に居るんだろう。こんなふうに、まるで愛しているみたいに触れて。不安と怒り、恐れが入り混じる。でも目の前の快楽に抗えない。すべてを思い出したうえで葵に触れて、今までで一番、興奮している。引き下ろされるデニムが擦れる刺激だけで、性器に芯が通った。

「んっ、んっ」

下着の上から、性器を柔く握られて吐息をこぼす。朝、触れられたばかりなのにもう足りない。早く直に触ってほしい。

「あおい」

彼のうなじに指をかけ、頭を引き寄せた。真っ黒な瞳に宿る熱。すっきりと通った鼻筋と、その下の唇。そう、唇。

吸い寄せられるように頭を上げ、唇を近づける。彼の吐息と熱を感じる。けれど、葵の唇まで後わずかな距離まで近づいたところで、奏汰は動けなくなった。

陽向の瞳が、フラッシュバックする。

唇には触れられない。キスすることはできない。心がちぎれてしまいそうだった。

「……奏汰さん？」

訝し気に名前を呼ばれる。その次には、額にキスが降ってきた。葵の唇を、首を振って拒む。

「駄目だ」

「駄目じゃない。気持ち良くするだけ」

むずかる赤子をなだめるみたいに言って、葵が頭を抱え込み、こめかみにキスを落としてくる。キスできなかったことに、気づいているくせに。お前も、唇にだけはキスしてこないくせに。

「ん……っ」

「奏汰さんのことが好きなだけ」

性器をゆるゆると撫でながら、自分への言い訳のように、葵が呟く。彼の痛みに気づかぬふりで、彼に騙されたまま、流されたい。刹那的な欲求が膨らむ。でも、できない。分かっている。

性器だけが素直に、与えられる刺激に熱くなり、硬さを増していく。

「あおい、やめ」

「やめない」

言うが早いか、葵が首筋を強く吸った。ちりと、と走る痛みに身体がびくりと震え、肌が粟立つ。性器が張り詰める。葵になら、何をされても気持ちがいい。こんなこと、知りたくなかった。快楽が増すたび、泣きたいような気持ちに襲われる。

このまま出してしまいたい。そして、この前みたいに抱いてほしい。

奏汰は唇を噛み締め、両手を伸ばすと葵の肩をぎゅっと掴んだ。急な動作に驚いたのか、葵の動きが止まる。

「葵、話がある」

思ったより硬い声が出て、奏汰は震える息を吐いた。

葵が手をソファについて上半身を離し、見下ろしてくる。奏汰は葵の落とす影の中で、まっすぐに問いかけた。

「あのリスト、陽向の字だと思わないか」

葵は陽向の友達で、当然陽向の字も知っている。

距離の近さは残酷だった。身体の小さなこわばりが、隠しようもなく伝わってきてしまう。火照っていた全身が、すっと冷たくなった。

「知ってたんだな。あれが、陽向の書いたリストだって」

どうして、自分がずっと持っていた陽向のリストのことを、葵が知っていたのかは分からない。でも、とにかく、葵は知っていた。それがすべてだった。

「お前がずっと隠してたのは、陽向のことだったんだな。どうして、俺が書いたなんて嘘ついた。これをやったら付き合うって、言ったっていうのも嘘だろ」

声が震えてしまうのが情けない。こんなこと、聞きたくない。知りたくもなかった。でも、問い質さずにはいられない。終わらせなければいけない。

葵は数度瞬くと、目を伏せた。身体を起こし、ソファに座る。横たわったままでは、背中しか見えなくなった。

「何でもいいから、一緒にいる理由が欲しくて」

こちらを見ずに、葵が答える。ひどい嘘だった。

そんなわけがない。お前はそんな奴じゃない。陽向の遺したものを、そんなふうに扱うわけがない。

葵の身体を避けるようにして、起き上がる。

「分かった。俺にはもう、本当のことを言う気はないってことか。終わりにするって、お前が言ったんだもんな」

そう呟くと、葵は弾かれたように立ち上がってこちらを見た。

驚きに見開かれる目を、じっと見つめ返す。

「奏汰さん、記憶が……」

途切れた質問に、ただ頷いてみせた。何もかも思い出して、もう、逃れられない。

過去は変えられない。ずっと好きだった。葵も同じ気持ちだと知っていた。でも自分は逃げ続けた。だからあの日、終わった。全部、嫌というほど、分かっている。

でも、ひとつだけ、記憶が戻っても分からないままのことがある。

「もう一度だけ聞く。どうして、俺が書いたなんて嘘ついて、リストの話を持ち出した？そもそも陽向のリストのこと、どうしてお前が知ってたんだ」

葵は一度瞬きしただけで、そのあとは微動だにしない。さっきまで自分が葵を観察していたのに、今度は自分が葵に観察されているような気がして落ち着かなくなった。

「……奏汰さんは、俺を忘れたままの方が幸せだった？」

「聞いてんのは俺なんだよ、卑怯者」

ようやく口を開いたと思ったら、答えに窮するような質問を投げ返してくるから苛立つ。思わず喧嘩腰で返すと、葵が唇を噛んだように見えた。またいだんまりか、と悪態《あくたい》をつきそうになったところで、葵が再度口を開く。

「記憶が戻ったなら、もう一度、ちゃんとリストを見てほしい。答えは全部、リストにある。俺には分からない、奏汰さんにしか見つけられない答えが」

ゆっくりと、葵はそう言った。

奏汰は顔をしかめた。リストをやりたがった理由はリストにあるなんて、答えになっていないと思った。リストはもうほとんど終わっている。どうして、理由を説明できないの

か分からない。

目の前にいて会話をしているのに、意味が通じている気がしなかった。

葵の考えていることが分からない。それは、今に始まったことではない。それでも、階段から落ちたあの日までは、彼の気持ちを信じていたけれど。

「……帰る。これ、お前の荷物、まとめてきた」

そう言って立ち上がり、服装を整えた後大股で歩くと、背負ってきたバックパックを持ち上げた。勢い任せだったけれど、葵の荷物を持ってきてよかった。一人であの家に帰り、葵の私物を目にするのは辛すぎたと思うから。

「奏汰さん」

「今度こそ、忘れないから。終わりにしよう、葵」

そう告げると、葵は静かになった。真っ暗な目が、ただこっちを見ている。頷きもせず、引き留めもせず、葵はただ立っていた。奏汰は静かに、その部屋を出た。


一人、静まり返った自宅の鍵を開け、古い玄関に入った途端、そこから動けなくなってしまった。

この家は、葵が見つけてきた。大学を卒業して数年が経ち、作家業で食べていこうと決めた頃のことだ。家での執筆時間が長くなり、家賃が安い学生向けのアパートでは騒音が気になるようになっていた。年末の飲み会で愚痴ったところ、年明けになって葵にここへ連れてこられた。近くにある撮影スタジオに長年勤めた老技術士が、一人で暮らしていた家だと言っていた。変わり者と噂のその人と撮影中に仲良くなった葵は、田舎へ戻ることになったが思い入れが深い家を手放せないと嘆く彼に、家を借りたいと申し出たのだった。そして、そこへ奏汰を押し込んだ。

入り浸っていたハルキのマンションから遠くなり、その他にも多少の不満はあったものの、住んでしまえば、古くてこぢんまりとした一軒家は意外なほど住み良かった。相場からすれば家賃は格安で、何より静かで執筆にはうってつけだった。

引っ越しを手伝うと言われたけれど、葵を家にはあげなかった。たまに飲み会で顔を合わせる先輩と後輩の距離を、保つことに必死だった。

長く長く息を吐いて、どうにか足を踏ん張る。靴を脱ぎ、三和土《たたき》を上がって、食堂へ直行した。シンクで手を洗い、水を飲もうとコップに手を伸ばしたところで、水切りかごのプロテインシェイカーに気づいた。納戸の荷物が全てだと思い込んで、見落としていた。はっと気づいて戸棚を開けると、未開封のプロテインの大箱が三箱も詰まっている。

自分は使わないから分からないけれど、こういうものはそれなりの値段がするだろう。無許可で捨ててしまうのは躊躇われ、逡巡の末ポケットから携帯電話を取り出す。「必要なら郵送します」とメッセージを送るか。いや、そんなことしなくていいか。迷いながら指先を彷徨わせていると、メッセージアプリのトーク画面の異変に気づいた。葵と交わしたメッセージが、すべて消えている。

頑なに拒んでいたID交換を、記憶喪失中の自分はあっさり許した。同居している間、消耗品の買い出しや食事の用意などの連絡に使っていただけだが、そのやりとりがきれいさっぱりなくなっている。思わずメッセージアプリ経由で電話してみたが、呼び出し音が鳴り続けるだけで、葵が出ることはなかった。

頭が真っ白になり、今度は電話番号からかけたけれど、ただ呼び出し音が響き続ける。虚《むな》しくなって発信を切り、食堂を横切って書斎のソファに身を投げる。ローテーブルの端にある、置きっぱなしの『少年と幽霊』が目に入った。

寝そべったまま手を伸ばし、人差し指で本の小口をなぞる。記憶を失っているときにこの本を読んだ自分は、幽霊のモデルが片思いの相手だとハルキから聞いたのにも拘わらず、少年と幽霊は自分と陽向のことだと考えていた。それは半分正解で、半分間違っている。少年と幽霊は、陽向と葵の物語だ。

物語の後半、少年こそが死んでしまった犬であり、幽霊は大人になった少年だと分かる。そして、少年と幽霊はこの世から消え、二人で過ごせる世界へ渡ったととれるような描写で物語は終わる。陽向と葵が、幸せになればよかったという自分勝手な願望を投影した物語が、『少年と幽霊』なのだ。

そのことに、葵は気づいていただろうか。昨夜交わした、意味深な会話が頭を過る。葵は多分、自分と陽向がモデルであることに、気づいていた。どんな気持ちでこの物語を読んでいたのだろう。記憶喪失中の自分に葵が教えた通り、自分の本の話を、葵とは一度もしたことがない。いつだって、何も伝えないままだった。話をすれば、何かが変わったかもしれないのに。

のろのろと身体を起こし、もう一度、葵の番号に電話をかける。けれどやはり、発信音が鳴り続けるだけだった。


「それって、着拒されてね？」

一軒目でしこたま焼き鳥を腹に収めたハルキは、適当に入ったバーで名前の分からないカクテルを手に、あっけらかんと言い放った。

「……だよな」

「さっすが一流芸能人は、リスク管理きっちりしてんなー」

ハルキの感想に、その通りだなという相槌しか浮かばず、余計に気分が沈む。終わりにする、と葵は言って、少し回り道をしたものの、本当に終わった。終わりにしたのは自分だけれど、その日のうちに着信まで拒否されるとは思わなかった。

「なんだよ。記憶が戻って、相手が嘘ついてたのが分かったから追い出したんだろ？　別にいいじゃん。いや、良くないか。高山葵クラスの男と付き合う機会なんて、一生に一度あるかないかだもんな。別れるにしても、一回くらいやっときゃ良かったって俺なら思うかも。あ、男相手には勃たないんだっけ、彼の方が」

全く、そういう話じゃない。いや、自分が端折《はしょ》った説明しかしていないのが悪いけれど。でも、的の外れた下世話な意見が、今はむしろ心地よい。酒を飲んでくだをまいて、全部忘れてしまいたい。

壁に取りつけられたブラックライトで、手元の白いカクテルが怪しげに光る。自分を取り巻くすべてが、このカクテルと同じくらい安っぽく、下らないものに思えてくる。

そういえば、夏休みの自由研究でブラックライトの仕組みを調べた陽向が、一時期ブラックライトにはまっていたなと思い出す。ブラックライトを当てると見える文字をかけるペンで、秘密のメモを寄越したりしていた。

自分はあと何回、陽向のことを思い出すのだろう。そのたびに、葵のことも思い出すのだろうか。勘弁してくれ、と心の中で毒づくと、「何度思い出してもいい、悲しくなっても」と言った葵の優しい声が脳裏に蘇り、叫び出したくなった。あの時、あの場所で、どんな気持ちで葵はあの言葉を口にしたんだろう。

記憶を振り払うようにカクテルを呷り、精一杯の虚勢を張る。

「いや、結局やったはやったんだけど……」

「まじでぇ？　魔性の男だなー、お前も」

今思えば、あのセックスもなんだったんだろう。あの時だけ、気持ちが蘇ったのか。それとも長すぎた初恋の幻影を、打ち壊すためか。その後、何度も触れてきたことも、今思えば意味が分からない。

「魔性は葵の方だ。何考えてたのか、全然分からない」

「……真面目な話、聞いてる限りじゃ向こうは奏汰のこと相当好きだったと思うけどな。お前に幽霊クンがいなきゃ、ちゃんと付き合えてたんじゃねぇの」

その幽霊クンは、葵のことだ。けれど過去のことすべてを説明する気力が湧かず、黙ったままでいた。

一度記憶を失って、別人の気分を味わったからだろうか。あまりに頑なだった自分が、哀れになる。でも結局、同じ人間だからだろうか。葵に応えなかったことが、最終的には正しかったと思ってしまう。

――キスもできない相手と、付き合えるわけないだろ。

あの日、葵にそう言った。

ちょうど前日に、葵と世戸菖蒲の密会写真がスクープされていて、そこには二人のキスショットも含まれていた。葵に向かってつま先立ちする世戸菖蒲の後ろ姿と、屈み込むように顔を伏せた葵。不鮮明なモノクロ写真の中で、葵が本当にキスしていようがいまいが、それは問題ではなかった。自分は葵とキスできない。でも葵は他の誰とだってキスできる。改めて突き付けられた、その現実だけが問題だった。苦しくて仕方なかった。

――もういい加減しんどい。つらい。……疲れた。

葵に向かって、弱音を吐いたのは初めてだったかもしれない。それまで、何度告白されても何を聞かされても、飄々とした恋愛自由人を装っていたのに。

葵とキスの距離になるたび、あの日の陽向の瞳がちらつく。罪悪感で、地の底まで落ちてしまう。そんな相手と、どうしたら一緒にいられる。いつまで苦しまなきゃいけないんだろう。自分だって、葵以外となら誰とでも、キスできるのに。

何も説明しなくても、葵には全部伝わっていた。

――分かった。これで、終わりにする。ごめん。

最後の謝罪は、葵がいつかの「待ってる」という約束を守っていたことの証だった。葵は本当にずっと、待ってくれていた。十分すぎるほど、長い約束が終わった。

「嘘ついてまで、奏汰の家に居座ってたんだろ？　超多忙の売れっ子俳優だぜ。奏汰にそんだけ時間使ってたってだけで、十分本命だって分かる」

「セフレ五人運用してる男の言葉には重みがあるな」

「着拒しなきゃ切れないくらい、本気だったんだろ……知らんけど」

まぜっかえしたのに、慰めの言葉を返され、ついでにはしごを外されて、何とも言えない気分になる。

べしゃりとバーカウンターに突っ伏すと、トーンを変えた声が降ってきた。

「大事なのは、向こうがどう思ってたかじゃなくて、お前が今どうしたいかだよ。はっきり言ってやる。未練があるんだろ。着拒されたって俺に愚痴るなんて、史上初じゃん。もっかいトライしなきゃ絶対に後悔する。そういう事案だと思うね」

少しだけ顔を上げ、脇に置いた携帯電話をちらりと見やる。

「事案言うな。……連絡手段なくて、トライしようがないんだよ。トライしてる場合じゃないともいうけど……」

「ん？　記憶戻ったんだろ？　締め切りヤバいとか？」

察しのいいハルキは、次なる懸念事項が仕事だとすぐに言い当ててくる。

といっても、問題なのは締め切りではない。記憶が戻ったというのに、小説が手につかないことだった。記憶を取り戻したことを来栖に連絡をして、滞っていた新刊の作業を再開することにしたけれど、すぐに壁にぶち当たった。何も書けない。途中まで組み立てられたプロットがあるのに、書き進められない。キーボードの前に座って、無理矢理文字を打ち出してみても、すぐに手が止まる。ここ二週間、ずっとそんな状態だった。

刺激になりそうな映画を見たり、ジャンル違いの専門書を読んでみたりしても事態は好転しなかった。作家仲間で構成されたフットサルサークルに顔を出して奮闘《ふんとう》し、久々のランニングで二十キロを走り切っても、結果は同じだ。

完全に、書けなくなってしまった。陽向の死がきっかけで、小説を書き始めた。けれど本当はずっと、葵に向けて小説を書いていたのかもしれない。もっと正確に言えば、葵を好きな自分のために。でも、物語は終わりを迎えた。主人公は、どこへも行けない。

「小説、書けなくなった。仕事探さないとだな。ひとまずバイトでもいいけど」

できるだけ何でもないように言ってみる。こうして自分自身も誤魔化せばいい。次へ、次へ。走ればいい。しがみつけば苦しいだけだ。恋も、仕事も。

「ちなみにさ、書いてるのってどんな話？　いつものやつ？」

「いつものやつって、トリートメントじゃないんだよ。まあ、いつものやつだけど……」

同じような物語を書き続けている。幽霊が人間を、あるいは人間が幽霊を「連れていく」話だ。

フーン、という軽い相槌が聞こえて、ハルキのことが心底好きだと思う。いつも軽やかで遊び好きな彼に憧れ、葵の前ではハルキを真似て振舞っていた。快楽を肯定し、何事にも執着しない遊び人。うまく演じられていたかは分からないけれど。

再びカウンターに突っ伏すと、ハルキの明るい声がした。

「幽霊クンに、会いに行ってみれば？」

え、と思わず顔を上げ、友人を見る。ハルキは器用に右眉だけを跳ね上げ、にやりとしてみせた。ハルキは本当に勘が良い。奏汰は奥歯を噛み締めた。すべての原因が、「幽霊クン」に帰結すると見抜いている。

「もう、会えないんだって」

「悪い、亡くなったヒトだった？」

短く答えると、ハルキが声のトーンを落とす。奏汰は首を横に振った。

「違う。……違う」

陽向にはもう二度と会えない。罪悪感を抱えたまま、永遠に別れることになってしまった。でも、葵は違う。

「じゃ、決めるのは奏汰だな」

ハルキがカクテルから抜いたマドラーでびしっとこちらを指す。最後にトイレと付け加えて席を立った彼の後ろ姿を、奏汰はぼんやりと見送った。ハルキはいつも正しい。

会いに行くべきなのだろうか。でも、会って何を言えばいいのか分からない。葵の言っていた、「リストの意味」とやらも分かっていない。アルコールで重くなる頭と、低音がやたら響く店内BGM、相変わらず安っぽく光る手の中のカクテルが思考をかき乱していく。ため息を吐いて、奏汰はボディバッグに手を入れた。

書かれているという「答え」に、ハルキなら気づくかもしれないと思い、リストを持ってきていたけれど、取り出すタイミングがなかった。

折れないように慎重にしまった封筒を抜き出す。まだ答えを探しているなんて、未練がましいだろうか。そう思いながら封筒に視線を落とすと、ぼんやりと光る文字があった。

「カナタへ……？」

水色の封筒の表に、たしかにそう書かれている。慌てて封筒をひっくり返すと、右下に「ヒナタより」の文字が、同じく浮かんでいた。

「カナタへ……奏汰へ、陽向より……」

「お待たせー。もう一杯頼む？　もう出てタスクのバー行く？」

戻ってきたハルキが何か言っている。けれど奏汰の目は、封筒に釘付けのまま動かなかった。


次のバーへと誘うハルキを引きはがして帰宅した。食堂へ入り、流しで水を一杯飲み干す。

恋人としたいことリストを入れた封筒に、陽向はわざわざブラックライトを当てないと見えないペンで文字を書いていた。小さい頃くれた秘密のメモと同じ方法だ。どういうこ

とか、まだ思考が追いつかない。

コップをキッチン台に置いた奏汰は、ダイニングテーブルに腰かけ、再びリストを手に取った。

あのあと、中の便せんも取り出して、ブラックライトに当ててみたけれど、変化はなかった。つまり、隠された文字は封筒に書かれたものだけ、ということになる。奏汰へ、陽向より。封筒に宛名と差出人が書かれていれば、難しく考えようがない。これは陽向が兄に宛てた、手紙だということだ。

リストに全部の答えがあると、葵は言った。このリストは、リストと見せかけた手紙だった。そういう仕掛けがされていた。何を伝える手紙なのか、それがまだ、分からない。葵には分からなくて、自分にしか見つけられないという、答え。

改めて眺めてみても、記憶を失って最初にこのリストを目にしたときと同じ感想しか出てこない。中学生の陽向が書いたにしても、何とも、幼い。内容がというより、並ぶハートマークや絵文字が、ひどく子供っぽく、わざとらしい。じっと見つめていると、ポップな手書きのマークの向こうで、陽向が得意気に微笑んだような気がした。まだ、何かが隠されているのかもしれない。

そう考えてみると、「恋人としたい七のこと」なのに、項目が十あるというのが引っ掛かる。何事にも大雑把《おおざっぱ》な自分と比べ、陽向は几帳面《きちょうめん》だった。タイトルを二重線で修正したなら、項目もいくつか取り消して七つに揃えたはずだ。とすればこれは、わざとなのかもしれない。違和感のある手書きの絵文字、多すぎる項目——。ミステリ好きの陽向が、仕掛けた謎。眉間にしわを寄せながらリストを睨んでいた奏汰は、そのうちあることに気づいた。

「七つだ」

十ある項目のうち、文末に絵文字が書かれている項目が七つあり、何も書かれていないものは三つ。これは、何かの偶然だろうか。

胸のざわめきを感じながら、絵文字のついている項目に注目する。手を繋ぐ、サッカーをする、ツーショを撮る、リンゴを剥く、カレーを作る、ホラー映画を見る、キスをする。タイトルで「七」と言っていることからすると、この七つこそが「恋人としたいこと」なのかもしれない。いかにも中学生が考えそうなデート項目で、後半の三つは葵がインタビューで語っていたものと内容が被っている。ただ、前半の四つは違う。前半と後半で内容が分かれているのはなぜなのだろうか、そもそもこの順番に意味はあるのか。

考えるうち、順番に意味があるなら、なぜ手を繋ぐのが一番最初なのだろう、という素朴な疑問が湧いた。中学生の恋愛らしく段階を踏むなら、映画を見に行ったりするのが先で、手を繋ぐのはもう少し後ではないかという気がする。

「手を繋いで、次がサッカー……」

何気なくそう呟いた時、小学生の頃、自分と会ったことがあるという葵の言葉が、ふいに閃いた。

迷子の小学生の手を引いて歩いたイベント会場。ベストイレブンに選ばれ、ツーショットを強請られた試合後。「手を繋ぐ」、「サッカーをする」、「ツーショを撮る」、だ。「市のサッカーイベントだ」

俄かに興奮した。この一致は偶然か、必然か。これは自分と葵のことなのか。鼓動がドクドクと強く打ち始める中、必死でリストの続きを考える。

リンゴ、カレー、ホラー映画。ひとたび視点を切り替えてみると、これまで陽向のことばかり思っていた出来事は、自分にも当てはまることに気づいた。

陽向の病室で、葵が持ってきたリンゴを、二人に剥いてやったことがある。陽向は珍しく旺盛な食欲を見せ、薄く切ったリンゴをほとんど平らげた。残った一、二枚を、葵は俯いて食べていた。写真や映画の話をして、急速に距離が縮まったのはその後だ。

葵が初めて家に来た時、カレーを作った。具はその時たまたま冷蔵庫にあった、蓮根とトマト。陽向に作ってやる時と同じつもりで用意したら、全然足りなくて焦ったのを覚えている。

ホラー映画、マリナ1996を、陽向に勧められて葵と二人きりで見た。抱き着いてしまった時の葵の身体の熱さを思い出せば、その後起こった教室でのキスが、避けられないものだったと分かる。そう、最後がキスだ。

勘違いだろうか。このリストには、自分と葵の間に起こった出来事が、時系列で並べられているように見える。

意味が分からない。どうして陽向が、兄と葵の思い出を並べてリストを作り、「恋人としたいこと」なんてタイトルをつける。一体、何のために。それに、サッカーイベントでの出来事なんて、自分さえ認識していなかったことまで書いてあるのは何故だ。

水色の便せんの向こうで、陽向がいたずらに微笑んでいる。どういうつもりだ、と心の中で問いかけても、もちろん答えは返ってこない。

「水族館に行く、夏休みの自由研究をする、海で恐竜を探す……」

マーク付きの項目から答えを探すのを一旦諦め、絵文字のついていない項目を読み上げてみる。最後の一項目は、もともと意味が分からず放置していた。それはひとまず置いておくとして、水族館と自由研究に注目する。

宛名書きを発見した今になって考えると、自由研究は、ブラックライトのことを思い出してほしくて入れた項目だったのだろうと思う。そして、水族館と聞いて思い出すのは、やはり陽向との喧嘩のことだった。誕生日会に行け、と怒った陽向。当時はよく分からなかったけれど、あれは弟ばかり優先するなという大人びた配慮だった。

マークのついていない項目は、「恋人としたいこと」ではない。これは自分と陽向の思い出が並べられているのかもしれない。その可能性に気づいた瞬間、はっとした。もう一度リストを見なおすと、答えはもうほとんどそこにあった。

キスを目撃されてからの一か月、自分は陽向とまともに向き合わず、顔を合わせても当たり障りのない話しかしなかった。そんな状況の中で、陽向は手紙を書いたのだ。愚かな兄に、どうしたら気持ちが伝わるか、考えながら。

兄と葵の出会いを、時系列に並べたこと。兄すら知らなかったなれそめは、きっと葵から聞き出したのだろう。それを、リストに書いたこと。恋人としたいこと、なんて可愛らしいタイトルをつけたこと。そこに二人の思い出を並べたこと。兄になら、きっとメッセージが伝わると信じて。

この手紙は、陽向が、兄と葵との恋を知っているということ、それを許しているということを伝えるために書いたのだと思う。

自分のために我慢して欲しくない。気持ちのまま、葵と付き合ってほしいと陽向に言われた気がした。

――にいのことは、何でもすぐ分かる。

――にいが心の中でごめんって一回でも思ったら、その時俺はもう許してるから。

――忘れないで。

いつかの陽向の声が、頭の中で響いた。陽向はとっくに、愚かな兄を許していた。そのことを、伝えようとしていた。少しふざけた、ロマンチックで、彼以外にはできないやり方で。

「陽向」

名前を呼んだら、涙が出た。

初めてリストを見た時、それが手紙とは気づかず、陽向の心残りだと思ってショックを受けて、そのまま十二年も過ごしてしまった。二度と、この封筒に触れないまま。

「ごめん、陽向」

ようやく、その言葉を口に出した。十二年間、付きまとう罪悪感の重さに、謝罪を口にすることができなかった。心の中では、何回謝ったか分からない。そのたび、空にいる弟は呆れていただろう。

塩を含んだぬるい水は、それ自身が意思を持った生き物であるかのように勝手に頬を伝い、流れ続け、止まることを知らなかった。リストと封筒が濡れてしまわないよう、震える手で脇に避けた。ごめん、ごめん。と掠れる声で繰り返す。

十二年分の鬱屈《うっくつ》と、今日摂取した水分をすべて流し切ったころ、ようやく涙が止まった。奏汰は席を立ち、もう一杯水を飲んだ。シンクの前に突っ立って、水切りかごに置いたままのプロテインシェイカーを眺める。

リストの「答え」に気づいた今、葵の嘘の意図がこれ以上なくはっきりと分かる。リストを読ませるため、だ。葵は、十二年越しにリストに目を通させようと、あんな嘘をついた。

リストを作るにあたり、陽向から協力を仰がれた葵は、その時にきっと、陽向からリストの意図を聞かされていたに違いない。

あんな嘘をついてまで、葵がリストにこだわったのは、陽向のメッセージに気づかせるため。そのために、終わりを告げた相手と、恋人ごっこをした。

ふらふらと歩き、食堂を突っ切って書斎のソファに仰向けに転がる。視界の中で、天井の木目がぐにゃりと歪んだ。

「陽向……葵……」

自分で自分にかけた呪いを、陽向と葵が解いてくれた。

陽向ともっと話をすればよかった。涙がまた頬を伝う。もっと喧嘩をすればよかった。葵を取り合ったって良かった。サッカーボールを隠されたと気づいた時も、葵とのキスを見られた時も、本当の気持ちを話せばよかった。なのに自分は何事もなかったように振舞った。大切だったから、踏み込めなかった。

葵の話なんて、数えるほどしかしなかった。特に、自分が葵を意識するようになってからは。

目を閉じて、陽向の顔を、声を、思い出そうとした。まぶたの裏で、ゆっくりとこちらを振り向いた陽向が、微笑む。

——葵ってさ、恐竜みたいだよね。

——葵だけ、違う時間に生きてるみたい。あと、でかい。

奏汰は涙にまみれた目を見開いた。

恐竜に夢中だった陽向の、恐竜みたいと言う比喩《ひゆ》は最大限の賛辞だ。

こんな会話、今の今まで忘れていた。少しでも触れれば壊れてしまいそうな記憶の輪郭を、ゆっくり、ゆっくりと辿る。陽向は病院のベッドにいる。冬だ。

——にいは太陽みたいで、俺は海。海になって、みんなを見てる。にいが照らすから、俺の表面がぽかぽかする。

陽向は確か、そう続けた。陽向の葵への好意を直視できなくて、お前は本当に海が好きだなと、生返事をした気がする。他愛もない会話。

突然蘇った記憶に、しばし呆然とする。海と恐竜だ、と思った。


秋は、古書店街が他の季節より賑やかな気がする。スーツ姿の来栖と共に、色づく街路樹を横目に老舗の大型書店に足を踏み入れる。夏の記憶がないなとぼんやり思いながら、店内を見まわした奏汰は、自分の顔がでかでかと印刷されたパネルが視界に入ってぎょっとした。広々とした一階フロアの、二か所ある出入り口の片方が締め切られ、特設ブースが設けられている。

「いや、小嶋先生にお引き受けいただけるとは思っていませんでした。五十名の枠がすぐに埋まりましたよ」

銀フレームの眼鏡をかけた書店員は、デビュー作からのファンだと言ってくれた。お世辞かどうか分からないが、彼の熱意と、デビュー十周年、新刊出版というタイミングが合わさって、人生初のサイン会に挑むことになっている。

土曜の午後、にぎわう店内の一角には、既にサインを待つ客の列があった。

「先生、今まで一度もサイン会の類をやられたことないですもんね。どういう心境の変化ですか?」

営業スマイルを浮かべる来栖に尋ねられ、奏汰は曖昧な笑みを返した。

「十周年っていうのが、ひとつの節目かなと思って」

嘘ではない。けれど、これまでやんわりと避けてきた顔出しのイベントを引き受けた理由は、他にもある。

「終わっちゃうんですね、幽霊シリーズ……新刊、すごく好きでしたけど、最終巻なのは寂しいです」

眼鏡フレームの端をいじりながら、書店員が沈黙を埋めてくれる。読者の感想を直接聞く経験のあまりない奏汰は、感動して間髪容れず「ありがとうございます」と答えた。

小説を書けないまま時間が過ぎ、作家を辞めようとまで思い詰めて、元のプロットはすべて捨てた。そして新しい物語を書き始めた。シリーズ最終作となった最新刊では、主人公が兄の幽霊を成仏させる。自分と陽向の物語だった。

「お時間です。あちらにお願いします」

腕時計を見た書店員に声をかけられ、唇をキュッと引き結ぶ。どんなことにもあまり緊張はしない性質だけれど、なぜか今になって、やけに髪の長さが気になった。執筆のため夏中家にこもっていたのと、「著者近影に寄せた方がいいんじゃね？」というハルキの思いつきの結果、かなり髪が長くなっている。著者近影を再現するためかけてきた眼鏡は知的で印象が良さそうだが、長髪はやはり清潔感を欠くかもしれない。

「輪ゴムってありますか？」

首を傾げた来栖の脇で、書店員が手首からすっと輪ゴムを外して差し出してくれる。礼を言い、髪をくくった奏汰は歩き出した。

席に着くと、書店員の誘導で客がぞろぞろと移動を始める。長テーブルを挟んで差し出された本にサインを入れながら、奏汰は不思議な気分になった。十年間、ただ自分のために書き続けてきた。だからこれまで、読者がどんな顔をしているのか、もっと言えば読者が実在するのかさえ、あまり考えたことがなかった。意外なほど読者の年齢が幅広い。同年代の男女が多いけれど、老人も、学生もいる。一人一人に礼を言い、彼、彼女らから言葉を受け取る。自分の物語が誰かの糧になっているのを知るのは、新鮮な驚きで、同時に大きな喜びだった。自分の中に何が残っているのかは分からないけれど、また書きたい、と思った。

あっという間に二十人ほどにサインを終えたところで、特設ブースの外からちらちらとサイン会の様子を窺っていた高校生らしき女子の二人組が悲鳴を上げた。「ひゃッ」という甲高い声に、傍らに控えていた来栖が眉をひそめる。列を整理していた書店員も、何事かとそちらを見た。女子高校生らは、サイン待ちの客の列を見ている。その視線を辿り、行列から頭一つ分飛び出ている長身を目にした一瞬、時が止まった。黒いスポーツキャップを目深に被り、顔面のほとんどがマスクに覆われているが、その姿を見間違えるはずはない。葵だった。

目の前にサインを待つ読者がいなければ、取り乱していただろう。サインペンをぎゅっと握り、何とか平静を保つ。

「あの方、試写会でご一緒だった方ですか？　有名人なんですか？」

「えー、と」

来栖に何と説明したものか迷い、ちらちらと葵に視線を送る。葵は何食わぬ顔で新刊を手に持ち、列の進みを待っていた。四人、三人、二人……。相対する読者に集中しようとするけれど、どこか上の空になってしまう。葵の番になり、俯いた視界に彼の影が近づいてくると、いよいよ頭が真っ白になった。

こんな事態を、期待していなかったわけではない。連絡手段をすべて断った葵と、もう一度会うことができる可能性が百万分の一くらいはあるかもしれないという望みを抱いて、サイン会を引き受けたことも確かだ。けれど百万分の一は百万分の一であって実現するなどとは思ってもみなかったし、実際に現実になってみると、どうしていいか分からない。

無言で差し出された本に、機械的にサインする。顔が上げられなかった。

「何その髪型」

ぼそ、と呟いて葵が踵を返す。その背中を、思わず目で追った。ずっと葵を見ていた女子高生たちが何事か言い合い、もつれあいながら葵の方へ近づいて行く。騒ぎになるかもしれない、とひやりとしたところで、銀縁眼鏡の書店員が葵に声をかけた。葵の後ろ姿が、バックヤードへ消えていく。女子高校生たちはぽかんとしたあと、「絶対本人だったじゃん!!」と声を張り上げた。

「次の方、どうぞ！」

皆が呆気にとられる中、いち早く我に返った来栖の声掛けで、サイン会が続いていく。起こったことが飲み込めないまま、奏汰はペンを握りなおした。

秋の海の夕暮れは、どこか寂しい。わずかに残る陽の温もりが、風が吹くたび拭い去られてゆく。陽が沈んだ後の浜辺は、珍しく雨予報が出ているせいもあってか、人影がほとんどなかった。シャツ一枚で浜辺に立っていた奏汰は、ぶるりと身体を震わせると地面に座り込み、両腕で膝を抱えた。

「奏汰さんて、どうしていつも薄着なの？」

背後から、呆れたような声がする。奏汰は腕を少しずらし、時計を見た。何時間でも、何日でも待つつもりでいたのに、指定した時間より、早く来る。おかげでこっちはまだ、心の準備ができていない。

「海に恐竜を探しにきた」

質問には答えず、格好つけて、そう言ってみた。まだ、顔を見る余裕がない。

「陽向から聞いてないから、意味が全然分かんないんだけど、あれ、何。兄弟だけの暗号？」

葵の言葉で、やはり彼がリストのことを知っていたと分かる。前を向いたまま、奏汰は聞いた。

「ボール、お前が持ってるよな？」

リストの最後の項目「海で恐竜を探す」。暗号と言えば暗号だ。世界中で自分にしか解読できない暗号。海は陽向のこと、恐竜は葵のこと。取りにこい、と言っているのだと思った。陽向に遠慮して、置き去りにした葵に会いに行けと、それだけのシンプルな暗号。

その結論にたどり着いた瞬間、ふと、江ノ島に行った時のことを思い出した。葵がどこからか持ってきた、古びた小さなサッカーボール。拾い物のはずのそれを、葵が帰り際にバックパックにしまうのを見た。あのボールは、きっと、いつかの喧嘩の後、陽向が隠したボールだ。大きなパズルの最後のピースがはまるかのように、そのことに気づいた。

取りに行かなければ、と思った。陽向に持たせたままになっているもの、すべてを。

サイン会の後、携帯に葵からのメッセージが届いた。「読んだ。良かった」の二言だけ。

「もう一度サッカーしたい」と書き、「あの時のボールで」と付け加えて返信した。それだけで通じるはずだった。それから、多忙な葵に予定を合わせ、今日に至る。

「奏汰さんて、サッカーより映画の方が好きだった？」

隣に腰を下ろしながら、葵がいつかと同じことを尋ねる。奏汰は海を見つめたまま、今度は質問に答えた。

「どっちも同じくらい、好きだったよ」

「でも陽向は、自分がサッカーやっててって頼んだせいで、奏汰さんがサッカーやめられなくなってるって思ってた」

ちり、と胸が痛んだ。うすうす気づいていたことに、はっきり答えが出そうだと思う。

「ボールを預かってほしいって、陽向に言われたんだ。返したいけど、返せないから、持っててほしいって。手紙を書いたから、それを読んだ兄貴が会いに来たら、渡してほしいって。十年経っても兄貴が来なかったら、捨てていいって言われてたけど、捨てられなかった」

いつ頃からだろう。陽向は気にするようになっていた。自分のせいで兄が我慢していないか、譲っていないか、自分が兄から何か、奪っていないか。

陽向は、兄からサッカー以外の趣味を奪ったと思っていた。だからボールを隠して、兄を解放しようとした。そのことを今更よく理解して、奏汰は強く唇を噛んだ。

そしてサッカーの時と同じように、自分が兄から好きな人を奪ったと考えた。だからあんな手紙を書いた。

繊細で、頭が良かった。早熟だった。そんな陽向が何より大切だった。いつも笑っていてほしかった。陽向には何も我慢してほしくなかった。陽向から何も奪いたくなかった。それだけを願っていた。それなのに。

「お前以外だったら、誰でも良かったのに。どうしてお前だったんだろう」

十二年間、考え続けてきたことをついに口から出した。

綺麗な花を見つけたら、いつだって陽向に見せたくなった。分け合えば、何倍も楽しめる。ずっとそうだった。なのに、葵だけ。自分だけのものにしたくてたまらなかった。

　隣で葵が、ふっと息を吐いた。

「奏汰さんは、本当に俺のこと好きだよね」

　柔らかな声だった。

　葵の言うとおりだ。十二年間、まるで進歩なく、同じことを考えていた。ずっと罪悪感に苛まれたまま、それでも同じ人を好きで、同じような物語を書き続けた。自分は相当な馬鹿だと思う。

「奏汰さんが俺を好きなことは、奏汰さんの本を読めば分かったから、ずっとそのままでいい気もしてた。でも、あの日、俺はずっと奏汰さんを苦しめてたんだって気づいた。今のままじゃ駄目なんだって分かった」

　葵が何の話を始めたのか、すぐに分かった。少し気まずくて、足元の砂を掴む。階段から落ちたあの日、葵に嘘をつき続けることが、限界になっていた。

「最後の賭けのつもりで、終わりにするって言った。その場で別れたけど、やっぱり心配になって追いかけることにした。駅に着いたらホームから奏汰さんが見えて、思わず名前を呼んだ。そしたら奏汰さんが急に走り始めて、慌てて駅を出て追いかけたら、目の前で奏汰さんが階段から落ちた。心臓、止まるかと思った」

「で、蓋を開けてみたら俺が記憶喪失になってたってわけか」

掴んだ砂を、海に向かって投げる。吹く風にさらさらと流れたそれは、波打ち際にすら届かなかった。

「陽向から聞いたこと、全部奏汰さんにぶちまけたかった。陽向は怒ってない、許してるって。でも、俺と奏汰さんの間で陽向の話はタブーになってたし、俺がそんなことを言っても、奏汰さんには届かないってことも分かってた。奏汰さんが記憶を失くしたって知った時、手紙のことが頭に浮かんで、多分これが最後のチャンスなんだって思った」

砂浜に波が打ち寄せては引いていく。葵が何度も繰り返し想いを伝え、ずっと傍にいてくれたことを思い出す。頑なで愚かだった自分がひどくもどかしく、恥ずかしくてたまらなくなった。

「もう一度、陽向の手紙を読んでもらいたくて、必死に考えた。奏汰さんが陽向の書いたものを捨てられるわけないから、手紙は絶対に奏汰さんの手元にある。多分、昔から大事にしてるトランクの中に。手紙の内容はリストにするってことは陽向から聞いてた。恋人としたいことリスト。そこから話をでっち上げた」

「葵」

名前を呼んだけれど言葉が続かず、もう一回、砂を掴もうとしてやめ、ただ俯く。病院で目覚めた直後から記憶を取り戻すまでのことは、今となっては夢の中の出来事のように感じる。葵を忘れた自分と、恋人を名乗った葵。葵の吐いたいくつかの嘘と、ままごとのような恋人ごっこ。

「嘘、ついてごめん」

葵が終わりを告げたことも、嘘を吐いたことも、責める気はなかった。記憶を失って、葵に騙されなければ、一生陽向からのメッセージに気づかないままだった。葵は待ってくれた。いつでも放り出せたし、陽向が葵に話していたこと、陽向が手紙を遺したことを全部ぶちまけても良かった。けれど葵は、そうしなかった。不出来な兄が、弟からのメッセージを、完全な形で受け取ることができるように。

「俺がこのボールを、持ってる意味はあった？」

そう聞かれて、奏汰はようやく顔を上げ、隣を見た。葵はひしゃげたボールを手に立ち上がり、ゆっくりと奏汰の正面に立つ。真っ黒な瞳が、じっと奏汰を見下ろした。その瞳を見つめ返すだけで、胸が詰まる。

「好きだよ、葵」

膝を抱えたまま葵を見上げて、ゆっくりとそう言った。十二年越しの告白だった。今度こそ、目を見て言える。言い逃げもしない。陽向の前でも、胸を張れる。

「ずっと言えなくてごめん。葵が好きだ」

見つめ合った漆黒の瞳が揺れた。吸い込まれたい、と奏汰は思った。

「いまだに全然意味わかんないけど、すごいな、このボール」

葵は一度目を伏せ、しゃがみ込むとボールを傍らに置いた。そっと伸ばされた手が、目にかかる前髪を優しく横へと流す。葵の顔を見つめたまま、奏汰はその腕に抱きしめられた。ぎゅっと葵に抱え込まれ、幸福に目が眩みそうになる。

「そのボールは、素直になれって、陽向からのメッセージなんだよ」

こんな説明で分かるはずがないだろうと思いながらも、照れくさくてぶっきらぼうになる。

「ずっと待ってた」

耳元で、低く熱い声が囁く。何も言えなくて、こくこくと頷く。口を開いたら、泣いてしまいそうだった。都合よく海風が吹いて、その冷たさから逃れようとするみたいに葵の背中に腕を回し、しがみつく。

「…………キスしてほしい。奏汰さんから」

絞り出すように葵が言って、上半身が少し離れた。キス、と口の中で呟くと、一瞬身体が緊張した。それでもすぐに、葵の頬に手を伸ばす。そのまま引き寄せると、息がかかるほどの至近距離で目が合った。

「目、閉じろって」

「嫌だ」

一言での拒否に、頑なな意思を感じる。仕方ないから、自分が目を伏せた。うっすらと葵の唇を確認して、少しだけ首を伸ばす。

触れる寸前、葵の唇がふっと小さく息を吐いたのが伝わってきた。緊張が伝染する前に、勢いで唇を押し付ける。ややずれた感触があって、もう一度口づけしなおした。

唇と唇が触れる。あの日以来の、葵の唇。

雨を含んだぬるい風、夕方の教室、ゆれるカーテン。

全部が混ざり合い、身体の内側で嵐のように渦を巻いて、その後すっと抜けていく。唇が離れる瞬間、一瞬だけ過った陽向の瞳は、もう傷ついていなかった。

目を開けて、今度はこちらがふ、と息を吐く。真っ黒な瞳が、こちらを見下ろしていた。

「キスできた」

「……うん」

「キスできた」

「……うん」

同じことを二回言って、同じように葵が答える。何も考えられずぼうっとしていると、葵がすり、と鼻を擦り寄せてきた。

「今日は香水、つけてないんだな」

「大事な仕事のときしかつけないから。……もう一回」

強請る後輩にもう一度唇を寄せると、するりと後頭部に手が回された。

「ん……ん」

頭を固定され、何度も何度も角度を変えて、葵に口づけられる。唇の表面を蹂躙《じゅうりん》し尽くした葵は、今度はぬるりと舌を這わせてきた。

「ふ、あ」

「もっと口開けて」

言われた通り唇を開くと、忍び込んできた舌に口内を探られる。上顎を擦られるとくすぐったくて、逃げたくなるけれど頭を抱えられていて動かせない。いつのまにか腰もがっちりと抱えられていた。

息が上がって苦しくて、腰のあたりがぞわぞわとする。キスでこんな状態になるのは初めてだった。

「奏汰さんの味」

「味って言うな……ッ」

唇が離れ、喘ぐように空気を吸う。けれどすぐに次のキスが始まって、今度は舌同士を擦り合わされた。気持ち良くてぼうっとしていると、舌先を吸われる。じゅ、と音が立つほど吸い上げられて、頭がくらくらとした。もう、気持ち良いのか酸欠なのか分からない。夢中で葵のキスに応える。

　今度こそ唇を解放されて、思いきり息を吸うと、鼻腔に潮のにおいが広がる。葵の後ろ姿を撮った、あの夕焼けの日と同じにおいだ、と感じた途端にはっとして、腕を突っ張った。

「は？」

　葵を引きはがそうとしたが、びくともしない。返ってきたのはどすの利いた声だけ。却って強く抱きしめられ、悲鳴を上げた。

「離れろって、写真とか撮られたらどうする」

「今更？　ほとんど人いないし、これだけ暗ければ顔なんて見えないって」

　葵は全く動じていない。あの江ノ島の写真の一件はトラウマになっている。嫌だ、葵にトラブルが起きてほしくない。

「こうしてれば、奏汰さんの顔は見えないでしょ」

「お前の顔が問題なんだよ！」

　葵のパーカーに、叫び声が吸い込まれていく。十分後、身体を冷やした奏汰がくしゃみをするまで、抱擁は続いた。


　ブラックライトの照らす店内に、一年前には想像もしない顔ぶれが揃っている。集合した時からそわそわし通しの奏汰は、落ち着きなく視線を彷徨わせていた。

「うわー、マジの高山葵さん。はじめまして、美容師やってます、ハルキといいます」

「はじめまして、高山です。奏汰さんから、色々聞いています」

リストの「答え」を見つけるきっかけになったこの店に、また来ることになるとは思わなかった。それも、思いもよらない三人組で。

リストの種明かしをしたら、その店に行ってみたいと葵が言い出した。ついでに、ハルキを呼んでほしいとリクエストされ、何度も却下したのだが、「やましいことがないなら会わせられるはず」の一言で陥落させられた。結果、三人揃って発光するカクテルを手にしている。この前と違うのは、プライバシーの保たれるブースをハルキが押さえてくれたことだった。

「へー、どんな話ですか？　俺、奏汰から高山さんの話聞いたの、ごく最近なんで。まだびっくりしてます」

ハルキは誰を相手にしても、ものの数秒で打ち解けられる。葵相手にもいつも通りなのを見て、なんだか少しほっとした。

「ハルキさんのタトゥーがかっこいいとか、飲み方に色気があるとか。憧れてるのか、髪型まで真似したりして。奏汰さんは本当にハルキさんが好きなんですよね。今日はいろいろ、勉強させてもらえればと思って」

「おい、何言い出してんだお前」

「奏汰さんに遊び方教えたのって、ハルキさんなんですか？　今ってどのくらいの頻度で会ってます？　こういう店、良く来るんですか？」

一方の葵は、いつもより社交的に振舞ってはいるが、何故か尋問口調だった。

「何か顔怖くない？　俺を警戒する必要ないって。楽しく飲もうぜ」

「そうですか？」

あっけらかんと笑うハルキに、葵もにこりと笑ってみせる。滅多にない葵の笑顔に、何故か背筋が寒くなった。葵に気づかれないように小さく首を振ってみせると、状況を察したのか、ハルキが話題を変えてくれる。

「二人って、実は古い付き合いだってさっき奏汰に聞いたけど」

「最初に会ったのは俺が小学生の時です。地元が一緒で、族ぐるみの付き合いで。この前は奏汰さんのお母さんが味噌を送ってくれて」

「そんな話はいいだろ今は！」

さっきから、葵の尋常じゃない饒舌《じょうぜつ》ぶりに冷や冷やさせられている一方で、ハルキはとても楽しそうだ。

「へー、じゃあ全然俺より付き合い長いじゃん。この前高山さんのこと相談してきた時、言ってくれたらよかったのに。俺の口の堅さは知ってるだろ」

「いや、それはごめん、いろいろあって」

「奏汰さんは、ハルキさんに何でも相談するね、本当」

葵の声はあくまでもソフトだ。しかし、事前には予想もしなかった地獄が、既に垣間見えているような気がした。

「どんな相談だったか知りたい？」

「それは、ぜひ」

「奏汰、いつになく深刻で」

「ストップストップストップ、ハルキ、黙れ」

既に二人を黙らせることしか考えられなくなっている。手を伸ばして物理的にハルキの口を塞ぐと、その腕を葵に掴まれ引きはがされた。その力が、思いのほか強くて肩がびくりと震える。

「他にもいろいろお聞きしたいので、連絡先って交換させてもらってもいいですか？」

「ぜひぜひ。奏汰、いいよな？」

やめろ、やめてくれ。叫び出したいけれど、しっかりと腕を掴む葵のその手の力強さが、有無を言わせない。

「あ、固まった。おーい、奏汰、聞こえてるか？　お前がセッティングした飲み会だぞ？」

「俺が頼んだら喜んで手配してくれて。ね、奏汰さん」

「絶対嘘だろ」

面白がるなハルキ。手を離せ葵。逃げ出すわけにもいかず、奏汰は自棄になって左手でグラスを呷った。


久しぶりにめいっぱいアルコールを摂取して、足取りも頭の中もふわふわと軽い。最後の方は葵とハルキが自分そっちのけで盛り上がっていた気がするが、あまり覚えてない。それくらい、飲んだ自覚があった。

かなり酔っているのがばれていたのか、自宅にたどり着くなり、台所でレモンを絞った水を葵に飲まされた。葵自身が飲みすぎた時に、良く飲むものらしい。

「奏汰さん、水もっと飲んで」

「酸っぱいからヤダ」

ひとつため息を吐いた葵に腕を掴まれ、引き寄せられた奏汰は子供のように大げさに顔を横に振った。今夜はさんざん振り回されたので、今くらい困らせてやりたい。

「やだ。キスしない。お前とだけはキスしない」

へらへら笑いながら言うと、葵は真顔になり、両手で頬を固定してきた。

「うん。奏汰さんは本当、俺だけしか好きじゃないね」

「やだって言ってる」

めげずにキスしようとしてきたのでもう一度抵抗を見せると、葵が軽く舌打ちをして天を仰ぐ。柄が悪いな、と思いながら上向いた顎にキスすると、葵がすさまじい速度で顔を元の位置に戻したから、面白くなって今度は声を上げて笑った。

「こんな酔い方するなら、もう絶対外で飲ませない」

酔い方なんて、学生時代の飲み会でさんざん見ているくせに、と口を尖らせ心の中で言い返す。けれど、その時と今では、確かに違うかもしれない。もう、何も隠さなくていい。葵の前で、気が緩んでいる自覚はあった。

へら、とまた笑うと葵の真顔が近づいてくる。いやだ、という前に唇を奪われた。

ちゅ、と触れるだけのキス。

「舌、出して」

「いやだ」

「うん」

拒否に生返事をした葵が、まるで食事するみたいに口を開けて、唇を重ねてくる。中途半端に開いた隙間からすぐに舌が引きずり出され、じゅ、じゅ、と細かく吸われた。

「ん、ん、ふ、ぅ」

さっき飲まされたレモン水の味がするキスに頭が一層ふわふわして、身体に力が入らなくなった。好き勝手に口内を蹂躙した後、唇を離した葵がじっとこちらを見てくる。あからさまに熱を孕んだそのまなざしに、体温がぐんと上がり、酔いが引いていく。

「……する？」

尋ねる声は、掠れてしまった。告白から二週間、自分と葵のスケジュールが合わなくて、まだ一度もセックスをしていない。だから今夜、そういうことになるかもしれないという予感はあった。飲みすぎたのは、その緊張を誤魔化すためもあったかもしれない。

「しないっていう選択肢、ないけど」

あけすけな物言いに、頬がカッと熱くなる。求められたくらいで動揺するところを見せたくないのに、葵の言葉に、行動に、いちいち反応してしまう。

「と、りあえず、シャワー」

「後でいい。こんなに酔ってたら危ない」

猶予《ゆうよ》を求める声が震える。けれどそれすら認めてもらえない。そのまま、抱きかかえられるようにして寝室へと連行された。

心臓がばくばくと大きく脈打つ。葵がボディバッグからコンドームの箱とローションを取り出して、ベッドに放った。万全な準備に、葵のやる気を知って頭がくらくらとする。やっぱりシャワー、あと水をもう一杯、などという抵抗を封じるかのように、葵はシャツを脱ぎ、タンクトップをまくりあげた。ベッドに座らされ、その様をぼうっと見ていた奏汰は、思わずごくりと唾を飲んだ。

「着痩せ、する、タイプ……」

露になった葵の上半身が、想像より分厚くて驚く。腹筋も、シャツの上から触れた時から立派だと思ってはいたが、思っていた以上に溝が深く、くっきりと割れている。奏汰は思わずごくりと喉を鳴らした。

「筋肉ついてるのが好みでしょ」

棒読みでそう言って、葵が額に口づけてくる。奏汰は記憶を取り戻してからもう何万回目かの後悔を胸に刻んだ。

オス味が大事、いかついのが好き、割れてる腹筋がそそる。駆け引きが上手くないと嫌だ、プレイはちょっとSっ気があるほうがいい。アガれば一晩に三回は軽い──。

口から出まかせの性豪談は、記憶にあるだけでも尽きることがない。ほどよく筋肉がついた身体が好きなのは本当だけれど、葵が真に受けているそれらは、ほとんどが嘘だ。実際の小嶋奏汰に、そんなに大層な性体験も、語れるほどの嗜好もない。しかしそんなことを告白する機会もなく、今この瞬間に至っている。まともにセックスしたら、虚偽申告を見抜かれてしまうかもしれないという不安が、緊張に拍車をかけていた。

「……気分悪い？」

問いかけられて、反射的に首を振る。葵と、したい。セックスを望んでいるのは、自分も同じだった。ただ、自業自得でセックスへのハードルが高くなっているだけで。

「もしかして、緊張してる？」

葵は鋭い。このまま頷いて、全部打ち明けてしまえばいいのかもしれない。ぐらぐらと揺れる天秤《てんびん》は、しかし告白には傾かなかった。

「まさか」

葵の目の前で、自分もシャツを脱ぐ。手が震えている気がしたけれど誤魔化すように腕を伸ばして葵の肩を掴んで引き寄せ、噛みつくようにキスをした。年上のプライドをかけて、精一杯の舌遣いを披露《ひろう》する。葵は一瞬戸惑ったようだったけれど、キスはすぐに深くなった。差し込んだ舌を絡めとられ、腰に回った手にがっちりと身体を掴まれる。

「あ、ふ、あ……」

舌先を強く吸われると、快感に身体が震える。空気がうまく吸えず苦しいのすら、気持ちいい。それに気づいているのか、葵は執拗《しつよう》に舌を吸ってきた。

「これ、好き？」

「知るか、こんな、するのお前だけ……ん？」

呟いた途端葵が少し離れ、じっと顔を覗き込まれる。急に中断されたキスに戸惑っていると、目をギラギラさせた葵に再び口づけられた。一度引っ込んだ舌を引きずり出され、再び吸われる。苦しさの入り混じった快感に喘ぐと、舌先を噛まれてびくりと腰が撓った。

「――ッ」

ようやく舌を解放され、ハアハアと息を吐いていると、何故か満足げな葵が視界に映った。

間髪容れず、葵が胸元に手を這わせてくる。葵に触れられるようになってから敏感になってしまった乳首が、最初から直に触られて、すぐにぴんと尖ってしまった。わずかな柔らかみを楽しむように、くにくにと指で揉まれると弾けるような快感があって、思わず葵の腕を掴んでしまった。葵のペースが速くて怖くなる。

「もっと強い方がいい？」

「違、……うーっ」

硬くしこった乳首を押し潰されると、そのたび胸が反ってしまうほど感じる。まだ触られてない性器にも、既に熱が集まっていた。

葵の指先がいたずらにくるくるとへその周りをなぞって下へ下へと向かう。その些細な刺激にも肌が粟立ち、性器がビクンと反応する。このままじゃ、今日も一方的にイかされてしまう、という考えが頭を過り、奏汰はぐっと腹に力を入れた。このまま葵のペースに飲まれたらもたないし、これまでの嘘もばれかねない。

「おれが、俺がする」

それに今日は、これまで触れられなかった分も葵に触れたかった。葵を押し倒して上に乗り、するすると頭の位置を下げながら、彼のベルトに手をかけた。手早くベルトを緩め、フロントを寛げて彼のものに手を這わす。下着越しにも十分に硬さが分かった。

「えっ」

しかし下着をずらした途端飛び出した葵の性器を見て、奏汰は思わず声を漏らした。一度受け入れたことがあるはずなのに、その大きさに驚く。身長に見合ったサイズといえばそうなのだろうけど、想像の一・五倍ほど長くて太い。多分まだ、最大まで育っていないだろう段階で。

「奏汰さん？」

「ん……っ」

怖気づいたのを悟られるわけにはいかないと、勢いよく口に含んだけれど、全部をおさめるのは無理だった。歯を当てないようにするのが精いっぱいだ。困って葵の様子を窺うと、その白い頬が上気して赤く染まっている。狼狽《ろうばい》を悟られていないことに勇気づけられ、舌先を亀頭に押し付けると、葵が息を詰めた。葵の興奮が見て取れて、俄然やる気が増す。

含み切れない根元を手で愛撫しながら舌先で先端を舐めると、葵が睨むようにこちらを見た。その眼付きの鋭さと視線の熱さにどきどきする。口の中の性器はみるみると硬さを増して、はちきれんばかりに大きくなった。性器を吸い上げるとじゅる、と卑猥な水音が立ち、口の端から唾液が伝う。葵が怒ったような声で名前を呼んだ。

「奏汰、さん」

「らひてひーよ」

普段あまり感情が顔に出ない葵の、射精をこらえているような表情がひどくいやらしくて興奮する。その顔をさせているのが自分だと思うと、本当に性豪になったような気がした。余裕ぶって射精の許可を出し、性器の先端の丸みを上顎に押し付けた。葵を刺激するためにしたことだったけれど、性器が上顎に擦れると、自分も気持ちよくなってしまう。葵を責めているだけなのに、自分の性器がじんじんと疼いた。

出来るだけ奥まで咥え、喉も使って少しずつ性器を吸い上げると、葵の腰がふる、と震えた。

「ま……っ」

葵の制止を聞かず、じゅるじゅると一息に吸い上げる。次の瞬間、喉の奥で熱いものが弾けた。

ドク、ドク、と一気に熱が注ぎ込まれる。葵のだ、と思ったら感動して、目尻にじわりと涙が滲んだ。独特の苦みが喉奥から口いっぱいに広がって、少し咳き込む。けれど、達成感があるから気にならなかった。

良かっただろう、という気持ちで見下ろすと、何故か葵の瞳には不穏な光があって、奏汰は自分が何か間違えた気がした。

「ありがと。余裕出来た」

「え？」

ぽかんとしている間に、身体を入れ替えられた。

「ん、んん」

首筋に顔を埋められ、噛むように吸いつかれる。まるでこちらを食べようとするような勢いに怖気づき、咄嗟に身体を逃がそうとしたけれど、肩を掴まれ固定された。

時々歯を立て、乱暴なくらい強く皮膚《ひふ》を吸い上げていく。これまで、葵がする身体へのキスはあくまでソフトで、跡が残らないよう加減されていた。それが打って変わって、今、痛いほどに噛みつかれている。葵が秘めていた執着を感じ、恐ろしさと気持ち良さを同時に感じる。

葵の舌がだんだんと下りていくうちに、この勢いで敏感な乳首を吸われたらどうなる、と想像して全身が総毛立った。

「う」

肌の粟立ちを確認するように鎖骨に舌を這わされ、くすぐったさに身体を捩《よじ》るがすぐに両肩を押さえ込まれる。

「んーーッ」

そして次の瞬間、きつく乳首を吸い上げられて悲鳴を漏らす。急な強い刺激に乳輪までもが硬くしこった。

「んッ、んッ」

そのまま二度、三度と吸い上げられ、びりびりと走る強い快感に上がる悲鳴を必死に押し殺す。ようやく終わったかと思えば、今度はねっとりと舌先で乳輪を舐められた。

「あっ、あっ」

なすすべもなく葵の舌の動きに合わせて身体を震わせていると、仕上げのようにカリ、と乳首に歯を立てられた。胸の先端と腰の奥で、同時に熱が弾ける。まるで、達したみたいな感覚だった。呼吸が整わず、胸も腰もじんじんしている。

「ちょっ、と待っ、っあ、だめ………ッ」

状態をどう伝えていいか分からず葵を止めようとするけれど、彼は構わず口内に収めたままの乳首を舌で弾く。もう片方の乳首も爪先で弾かれて、奏汰の制止は喘ぎに変わってしまった。尖りきった両の胸の先を、舌先と指の腹でぐり、と押し潰される。奏汰はたまらず、葵の顔を押し返そうとした。

「奏汰さん?」

けれど右手で葵の耳を掴んだところで名前を呼ばれ、はっとする。およそ性豪らしくない行動だった。咄嗟に葵の耳を引っ張って頭をあげさせ、視線でキスを強請る。合わせた葵の目が相変わらずギラギラしていて、一瞬怯む。葵は眉根を寄せると、ちゅ、と合わせるだけのキスをして、何故か身体をずり下げていった。誤魔化せたか不安に思っている間に、ベルトを外され、パンツと下着を同時にずり下ろされた奏汰は、足の間に顔を埋めようとした葵の意図を察して押し留めた。

「何」

「あ、いや、お前は、いいって」

葵にされるのはなんとなく抵抗がある。不機嫌な声に、感覚のまま答えると、葵の目の奥が昏く光った。

「舐められるの好きって言ってた。……奏汰さんが他の男に舐められるの想像して、俺がどんな気持ちだったと思う」

問いかけられ、言葉を失う。それは出まかせだから、と今更白状することなどとてもできない。

逃さないと宣言するかのように足をしっかりと抱えられ、葵の本気を感じる。抵抗を諦めされるがままでいると、ゆるく芯の通っていた性器が葵の口内に含まれ、快感が脳天まで突き抜けた。

入り混じる。

に、自分の性器が出入りする様はとても見ていられない。強烈な快感と、後ろめたさとが

「あッ」

「もう零れてきた」

ぺろ、と先端を舐める舌を見せつけてから、葵が言った。端正な顔立ちをした葵の唇

「だめ、だ……」

性器のくびれに舌を擦りつけられ、びくりと反応すると葵は同じところを繰り返し舐めてくる。ひたすら快感だけを与えようとする動きに、すぐに追い詰められた。ひくひく、と先端の小さな穴が痙攣《けいれん》するのを感じ、せりあがる射精感をこらえようとする。けれど竿に指を絡められ、強めに扱かれるとひとたまりもなかった。

「もう出る、あおい」

焦って葵を見る。葵はちら、と視線を寄越した後、まるで報復のように、先端を吸い上げた。

「や、あおい……っ」

強烈な快感に目が眩む。よりによって、名前を呼びながら果ててしまった。息を荒げながら上体を起こすと、葵は口元を拳で拭いながら、口の中のものを飲み下している。美しく長い首の中央で喉ぼとけが上下するのが見ていられなくて目を逸らすと、葵の手が転

がったボトルを握るのが見えた。

「今日は、奏汰さんが駄目って言っても聞かない」

　新たな地獄の始まりだった。


　自分の虚言で、葵の中にモンスターを作り上げてしまった。彼は他の男の痕跡を、全て上書きしようとしているようだった。今更冗談でしたと言い出すこともできず、丁寧だけれど執拗すぎる前戯を施《ほどこ》され続けている。

　時間の感覚はとっくに失われている。ローションをまるごと一本費やされた後孔は、既に四本の指を飲み込んでいた。

「な、もう、大丈夫だって」

「この前は焦っててできなかった。今回はちゃんとするから」

　葵はいたって真剣だった。

　前回は、それほど時間をかけずに挿入できたわけだから、必要な拡張が終わっていることは葵も分かっているはずだ。いじられ続けた後孔は熱を持って収縮を繰り返し、挿入を今か今かと待っている。もう前戯は終わりにしてほしい。そう訴えても、子供のような熱心さで、葵は奏汰を善がらせることを止めない。

「本当に、こっちがイイんだ」

後孔の中に見つけた「良い」ところ——葵曰く少しふっくらしているらしいそこに触れながら、葵が嬉しそうに言う。

言った。確かに言った。後ろだけでイったことがある。潮吹きもそのうちできるかも——。

過去の自分には、本当に死んでほしい。お前のせいで俺が今、死ぬ羽目になっている。

気持ちよすぎてしんどいから、もうやめてほしい。必死に腰を捩ってポイントを外そうとするけれど、ずっしりと伸し掛かられていてそれも叶わない。

「これもいい？」

「んっ、ん————ッ」

中指の爪の先でカリッとしこりを引っかかれ、悶絶《もんぜつ》する。かと思えば今度はゆっくりしこりを押し潰しながら、その他の指で内壁を押し広げられる。カリカリと掻くのとぎゅーっと押し潰すのを三回続けて繰り返されると、びくびく、と身体が痙攣して、葵の指をぎゅっとしめつけた。既に何度も射精させられた性器は震えるだけで、何も吐き出さなかった。もう何度目かになる、空イキだ。

「は、あ……ッ」

これまで、後ろだけでイったことなんかない。全部嘘だ。セフレを何人も同時に抱えたこともないし、ハードなプレイ経験もない。ハルキのほかに、寝た男性は二人だけ。こんなにいじくりまわされるのも初めてで、心も身体ももう限界だった。

「もう、やだ……っ」

「うん」

抗議を聞き流して、葵の指先がしこりをくりくりと捏《こ》ね続ける。

「うんじゃない、も、入れろって」

そう言うと少しの間手が止まるが、結局は「まだ」と言われる。これで三回目だ。葵は、過去の男たちと競争でもしているつもりなのか。悪いのは自分だけれど、泣きそうだった。

「何で、もう、お前しか欲しくないのに、入れないんだよ」

ついに頭の中が馬鹿になって、思ったことがそのまま口からこぼれる。すると涙で滲んだ視界の向こうで、葵が息を呑んだ。

「他の男の話ばっかりしてた俺が悪い。悪いけど、もう、入れろよ馬鹿」

「今の、もう一回言って」

葵の指がようやく止まり、低い声でそう言われる。奏汰は涙の膜が張った目をぱちぱちと瞬いて、その視界にようやくはっきりと葵をとらえた。汗をかいて、ぎらついた目をして、こちらを食い入るように見ている葵は猛獣みたいだった。

「ずっと、葵しか欲しくなかった。お願い、入れて」

目を合わせ、縋るように葵の腕に手を添えて強請る。顔から火が出そうなほど恥ずかしかったけれど、腹をくくった。年齢差のせいか、弟の友人という出会いのせいか、こちらから甘えたことはほとんどない。その分、少しでも甘えたり頼ったりする素振りを見せると、葵はひどく高揚《こうよう》する。

効果は覿面《てきめん》だったようで、じっと見下ろしてくる葵の切れ長な目のふちが、赤く染まった。ゆっくりと指が抜かれ、彼の指にまとわりついていた襞がちゅぽ、と卑猥な音を立てる。ふーっと長い息をひとつ吐くと、葵が腕を伸ばしてシーツを探る。小さな箱の封を切り、パッケージを噛み切ってコンドームを装着する葵を、奏汰はぼうっと見つめた。

腰を抱えられ、指が入っていた場所に、太くて熱いものが宛がわれた。

「あ……」

さっきまでとは一転して、全く焦らさずに、葵が入ってくる。自分の内壁が割り開かれる衝撃に、奏汰は息を詰めた。熱く溶けたそこは、葵の性器を貪欲《どんよく》に咥え込む。弄られ尽くしたしこりがすり潰され、身体が快感に戦慄《わなな》いた。

「あっ、あっ」

少しずつ、腰を揺すりながら葵が奥へ、奥へと進む。粘膜同士の摩擦が生む甘い痺れに声を漏らしていた奏汰は、けれど予想を超えて奥を開かれ、思わず頭を起こした。

「え？　まだ、おく……っあ」

足の間を覗くと、葵の性器が見えた。もう中はいっぱいなのに、まだ挿入途中のそれが。葵はゆっくりと、だが着実に、少しずつそれを押し込んでくる。本能的な恐怖に身体が竦んだ。

「うそ……あっ、だめ」

「痛い？」

今日初めて、葵が制止を聞き入れる。腰を止めた葵に気づかわしげに聞かれ、奏汰は視線を泳がせた。痛みはない。嘘はつけないと首を振ると、葵が怪訝そうな顔をする。

「じゃ、なんで駄目」

「こんな奥まで、入れられたことない、から、怖い」

もう性豪のふりをする余裕なんてなかった。正直に伝えると、葵の性器がびく、と後孔の中で動く。心なしか体積が増して、より内壁が押し開かれた気がして更に焦った。

「ちょ、あおい」

「今日は、全部入れたい」

熱く切羽詰まった声で、葵が乞う。その言葉に、前回の挿入は完全ではなかったことを知る。葵の目は真剣で、これまでに見たことのないような迫力をたたえていた。

「奏汰さんの中の、誰も入ったことないところまで、入れたい。駄目？」

もう十分入っていると言いたかったけれど、上目遣いで甘えるように強請られると、今度はこちらが駄目だった。年下のお願いには弱い。これまでずっと、葵の前では甘い顔をしないようにしてきた。けれど、本当は誰より甘やかしてやりたかった相手だ。絶対に無理だ、と感じた恐怖がじわりと和らぐ。

「駄目、じゃないけど、ゆっく……は…………アッ?!」

望むことは全部してやりたい。身体が気持ちについていけるかは別問題だけれど少しずつなら、入るかもしれない。でも許可した途端葵が腰を進めてきて、体内に感じたことのない衝撃が走った。

「っは、あ」

「大丈夫?」

そう聞いてくる葵を怒鳴りつけたくて、けれど身体が震えて大きな声が出せない。

「……あ、せるな、ばか」

「ごめん」

それでも、しおらしく謝る葵にやめてほしくはなくて、ぎゅっとしがみつくと、葵が少し腰を引いた。挿入の衝撃が残る中を性器に擦られ、内壁が騒《ざわ》めく。新たな刺激にぎゅっと葵を絞ってしまい、二人して息を詰めた。

緊張を緩めるように、葵が何度か性器を前後させ、その後、ひたりとこちらを見つめてくる。

「いい？」

葵にも余裕がないのが分かって、ただ頷いた。

葵が今度は一息に奥まで入ってくる。瞬間、目の前に星が散った。腹の奥が熱く痺れる。衝撃に視界がぼやけ、性器がぴゅく、と精液を吐いた。

「え……あ……」

信じられなくて、自分の腹にぱたぱたと落ちたそれに、思わず指で触れた。指先で掬うと、少しだけ糸を引いて再び腹に垂れる。

入れられただけで、達してしまった。そして今もまだ、腹の奥がじんじんと熱い。経験したことのない快感とその結果に呆然としていると、葵が妙におずおずと聞いてくる。

「……もしかして、はじめて？」

「うん、こんな、なったことない……ん、ふ、ちょっと、ま……っ」

素直に答えると、その途端目を大きく見開いた葵が無言で抽挿を再開する。

唐突な射精の後で落ち着かない粘膜を、遠慮なしに擦られて奏汰は慌てた。

「あおい、まだ、動くな、あ」

「嬉しすぎる」

そう口走った葵の声は弾み、目は子供のように輝いている。喜びを溢れさせる様子に毒気を抜かれ、抵抗できなくなってしまった。

葵は我を忘れたように、がつがつと腰をぶつけてくる。声も出せずに揺さぶられるうち、ばち、と葵と目が合った。美しく、欲をむき出しにした瞳。

「ひあ」

次の瞬間、ぐっと腰を抱えられ、葵の腰骨が尻にぴったりと密着するほど深く挿入される。突き抜けるような快感が身体を貫いて、悲鳴が漏れた。

葵は深く挿入したまま上体を倒し、顔を近づけてくる。

「好き」

恍惚とした目で呟いた葵に、唇を塞がれた。葵が上体を倒したことで貫かれる角度が変わり、しこりがぐりりと押し潰される。

「ふあっ、う、う」

葵が腰を前後に動かすたび、全身に雷が落ちる。叫び声は葵の唇に吸い込まれ、身体は不随意にびくびくと震えて、性器が勝手に薄い精液をまき散らした。

「イく」

目を合わせたまま、葵が低く唸る。

「ん…………っ」

限界まで密着した葵の腰の震えを感じた次の瞬間、中で熱が弾けた。

はあはあと息をしながら、奏汰の顔の両脇に手をついて、葵が見下ろしてくる。こちらも息が整わなくて、俺も好きだと返してやれずにただ彼を見上げた。

ずる、と後孔から葵のものが抜かれ、その刺激にんっと唇を噛む。身体はまだ昂ったままだった。落ち着こうと目を閉じると、葵がゴムを外している気配がある。葵とセックスしたことを生々しく実感して、なぜか写真を撮りたくなった。頬を上気させて腰を振っていた、美しい顔の残像が目に浮かぶ。

ぼんやりしていると、いつの間にか葵が再び覆いかぶさってきていた。奏汰の顔をじっと見ながら、奏汰のものに右手を伸ばす。吐精の後のくったりとしたそこを柔く掴まれて、奏汰は思わず腰を引いた。

「え、何」

けれど葵は、体重をかけて奏汰を押さえ込んで性器を揉み始める。それどころか、まだぬかるんだままの後孔に、性器を挿入してきた。さっき出したばかりなのに葵のものは全く萎えておらず、いつのまにか新しいゴムまで装着している。

「潮吹き、できるかもって言ってた」

恐ろしいことを口にしながら、葵は奏汰の性器の先端を親指でぬるぬると撫でまわし始めた。もう限界と訴える意識と裏腹に、性器が勝手に勃起してしまう。

言った、言った、確かに言った。これはすべて、因果応報というやつだ。

「ちょっとだけ。入れながらこことここ、刺激し続けると吹きやすいらしい」

「何を調べて、ひ、あ……っ」

迷いのない動きで、先走りを纏《まと》った指が先端の丸みとその下のくびれをぬちぬちと刺激する。逃げようとする腰は片手で掴まれ、葵の抽挿を受け入れさせられる。

性器への鋭い刺激に耐えられず身を捩ると、とろとろに溶けた内部を串刺しにされ、刺激をまともに受け止めてしまう。

「ーーーーっ」

まるで痙攣したみたいに、腰ががくがくと揺れる。じたばたしても、全身を襲う快感から逃れられない。それどころか葵のものをぎゅっとしめつけ快感を貪《むさぼ》ってしまう。性器も後孔も、何をされても気持ちいい。

「なに、もう、へん」

あっという間に射精感が高まって、性器はほとんど色のない精液を吐き出した。勢いのないそれはすぐに止まり、ようやく解放されると思ったけれど、葵は手の動きを止めてくれなかった。

「いった、今、いったって」

「潮じゃない」

「まて、あおい」

真顔で返してくる葵の美しい目は、若干据わっていて、奏汰は自分が生み出したモンスターに怯えた。それでも身体は、与えられる刺激に反応してしまう。もはや完全に勃起することもできない性器は、全体が甘く痺れ、蛇口の壊れた水道みたいにごく少量の透明な精液を吐き出し続けている。亀頭をぐちぐちと責める葵の指に、ときどき先端の小さな穴をほじられると、強すぎる快感が身体を貫いた。勝手に跳ねる腰を掴む手にすら感じてしまう。しばらくして、葵の性器は奥を突くのをやめ、入り口からごく浅い部分を捏ねはじめた。

「んーーーーっ、んーーーーっ」

指でいじられていた時のように感じるしこりを刺激され、意識が飛びそうになり、いよいよ限界が近いと感じた。自分がどうなるのか、分からなくて怖い。

「も、やだ、やだあ……っ」

「奏汰さん、もう少しだけ、お願い」

「う……」

半泣きで葵の胸に手を突っ張ると、葵が年下モードに入る。甘えればこちらが絆《ほだ》されるのを分かっていてその手を使う葵に、許さないからな、と思いながらも、それだけで手をひっこめてしまう自分がもっと許せない。抵抗を止めると葵が上半身をぐっと倒して、鼻先にキスを落としてきた。挿入の角度が変わってしこりをより鋭く抉《えぐ》られると、強烈な快感が性器を走り抜け、同時に何かが尿道をせり上がる。

漏らしてしまう、と反射的に下腹部に力が入ると、中で締めつけられた葵が「う」とうめいた。

「ふ、あーーーーーっ」

「っふ」

性器は透明な液体を噴き上げ、腰ががくがくと痙攣する。

葵の手、シーツ、自分の腹が濡れる。これが潮なのか。羞恥を感じる余裕もないほど脱力しきっていると、葵が謝ってきた。

「ごめん」

「まじで……お前……やりすぎ……」

ゆっくりと性器を引き抜いた葵に、掠れ声で恨み節をぶつける。葵はもう一度「ごめん」と口にして、唇にキスを落としてきた。避ける体力すらなくて、受け止める。機嫌取りなのか、単にキスしたいだけなのか。太腿に当たった葵の股間が、まだ熱を持っているのに気づいて、戦慄する。さっき、潮を吹いた瞬間に、確かに葵も出したと思ったのに。

「……今日はもうやんないからな。もう無理」

「うん。ごめん」

短く答えながら、葵がキスを繰り返す。相変わらずの無表情だけれど、その瞳はゆっくりとした瞬きを繰り返し、口角が微かに上がっている。最上級に機嫌がいいらしい。

「ほんとにやんないぞ。分かってるな？」

「分かってる。この先一生、キスだけでもいい。ごめん」

釘をさすと、葵はようやくキスを止め、口角を下げてそう口にした。

極端な謝罪に、嘘をつけと突っ込みたくなったけれど、これまでのことを考えれば、葵は本当にキスだけで一生――少なくとも五年や十年は我慢できるのかもしれない、と思い直した。葵の愛は、出会った頃から今日この瞬間まで、ずっと続いている。自分が彼に背を向けた時も、ひどく突き放した時も。そのことがふいにまざまざと実感されて、心臓がきゅっとなった。

葵はどこか神妙に許しの言葉を待っている。

「しょうがねーな……俺も好きだよ、葵」

しぶしぶ許したふりをして、さっき返せなかった言葉を舌に乗せ、自分から葵にキスをする。この先一生キスだけなんて、自分の方が絶対に無理だ。

たちまち上機嫌に戻りキスの嵐を再開した葵の背中を、もう離すまいと奏汰は強く抱きしめた。

「雪予報、的中してる」

既に積もった雪をざくざくと踏みながら、こちらを振り返った葵が言う。

「お前が今日しか休めないんだから、予報がどうだろうと一緒だろ」

振り続ける雪の下、傘の中から奏汰は叫んだ。今日を逃したら、丸一日の休暇は一年以上取れないかもしれない。そんなようなことを聞かされていた。だから、昨夜も深夜まで撮影だった葵を、申し訳なく思いながらも早朝に起こし、二人してダウンを着込んで特急に乗ったのだ。

「お前、そんな顔まるだしで大丈夫か」

「地元だし、この雪だし、誰も見てないって」

せめて傘はさしてほしい、と思うのだが、葵は昔から雪の日に傘を持たない。ニット帽に積もる雪を、時々首を振って落とし、悠々と進む。まるで動物、いや、恐竜だ。

恐竜は寒さに弱いんだっけ、とぼんやりとした知識を辿りながら、奏汰は身体をぶるりと震わせた。駅から寺まではタクシーで来たが、境内から墓までは歩かねばならず、既に身体が冷えている。

「あ、そこ。そこの通路の三つ目」

先を行く葵に声をかけ、かじかんだ手でさっき借りた手桶を握りなおした。

小嶋家と書かれた墓の前で傘を閉じ、足元に置く。正月に母親たちが供えたと思しき枯れた花束を葵が捨てに行き、その間に墓石に積もった雪や汚れを洗い流した。

陽向の葬式のことは、ほとんど記憶にない。最後にこの場所を訪れたのは、高校の卒業式の後だ。一人、上京を告げに来た。陽向から、恋から逃げるために東京に行くのだと、十分に分かっていた。墓碑に刻まれた陽向の名前を見るだけで、苦しくて仕方なくて、手も合わせずに去った。

「ろくに墓参りもしない兄貴で、ごめんな」

墓の前にしゃがみ込み、しっかりと手を合わせ、陽向に祈った。

手を合わせる場所があることが、ありがたかった。

手紙、ありがとう。ようやく読めた。

ずっと謝ってばっかりでごめんな。これからは、もっと色んな話を聞いてくれ。

「奏汰さんは、いつまでも陽向の兄貴なんだよな」

「そりゃ、そうだろ?」

背後から傘がさしかけられ、後ろを振り返る。葵は傘を持ってない方の手を伸ばして、奏汰の頭や肩に積もった雪を払った。自分は平気で雪に降られるままでいるくせに、こっちのことは気になるらしい。立ち上がって葵から傘を受け取ると、今度は葵が墓の前に立つ。

「陽向、久しぶり。ボールは渡した。俺、奏汰さんのこと大事にするから」

かっと頬が熱くなった。小嶋家は家族の前で恋愛話をするタイプの家庭ではない。それでも、止めなかった。葵は掌をぴったりと合わせ、目を閉じた。葵が何かに集中するときの、独特な雰囲気が背中から漂う。

十四歳の時から、葵はずっと変わらない。自分の好きなものを、一心に追いかける。その強さが、一番美しく感じて好きかもしれない。他の人間とは、全然違う時間を生きている。陽向の言った通り、恐竜みたいだ。だから十二年も、待っていてくれた。

手を合わせる葵の上で、雪が舞っている。つい写真が撮りたくなって、ポケットの中の携帯に触れた。記憶を失って葵と江ノ島に行くまで、葵の写真を撮ったことは一度もなかった。一番撮りたくて、けれど撮ることを自分に禁じていた。

フォトログに残っていたのは、葵を画角に収められない代わりに切り取っていた風景たちだ。二人で雑居ビルから眺めた朝焼け。初めてあの一軒家に行った日に寄り道した、近所のコンビニ。仕事のためと言い訳して一緒に訪れた映画館の床。思い出してぼうっとしていると、シャッター音が聞こえて我に返った。

葵が珍しく、携帯のレンズをこちらに向けている。

「今、撮った?」

「撮った。綺麗だったから。俺、奏汰さんの写真って持ってないし」

「墓前だぞ」

諫めてみたものの、実際のところ、墓参りにどんなマナーがあるのか良くは知らない。

「じゃ、三人で撮る?」

言うが早いか、手を伸ばした葵に引き寄せられる。何が「じゃあ」なんだ、と抗議する間もなくシャッターを押した葵の携帯に、墓石を真ん中にして、驚きに口を半開きにした自分といつもの無表情の葵が並んでいるものの、どこにもピントの合っていない写真が残された。

二人して、もう一度墓に手を合わせる。「帰るか」と言うと葵が手桶を持ってくれ、うなずき合って墓を後にした。

「そういえば葵って、陽向の墓参りに来るの、初めてだった?」

「いや。葬儀の後と、上京した後、初めて映画主演が決まった時に、報告に来た」

ああ、と奏汰は白い息を吐いた。

「陽向はよく、お前に俳優になれって言ってたもんな」

葵は見た目が良いから俳優になるべきだ、そうしたら病院のベッドから、いつでも葵を見られるから。陽向は葵への好意を隠していなかった。自分とは違う、陽向と葵の絆が、ひどく眩しく感じる。

手洗い場に差しかかると、葵は少し足早に手桶を返しに行った。そして奏汰のところへ戻ってきながら、ぶるりと頭を振って雪を払い落とすと再び並んで歩き始める。

「陽向がさ、手紙のことを教えてくれた時、アドバイスもくれた。奏汰さんが逃げるようなら、一度突き放した方が良いって。そうしないと、奏汰さんは気づかないからって。それで、もっとでっかい男になって、奏汰さんがどこにいても俺のこと忘れられないようにしてやれって」

奏汰は傘を傾け、隣を歩く男の横顔を見上げた。この雪の中、傘もさしていないのに、くしゃみひとつしないどころか鼻すら赤くなっていない。俳優になるような人間というのは、身体の造りからして常人と違うのだろうか。

「別にお前が何してたって、忘れられなかったよ」

「奏汰さんは、俺が俳優になるの、露骨《ろこつ》に嫌がってたよね」

雪の中、彫刻のように端正な顔が奏汰の方を見た。

「……有名になればなるほど、たくさんの人がお前の良さに気づくじゃん。独占したかったんだよ。そういう、子供っぽい理由。葵には、俳優が天職だと思う。この前の舞台もすごかったし」

そういえばこのことを伝えていなかった、と今更ながらに気づいて口にする。

「まじ」

呟いた葵が、足を止める。まじのまじだ。葵から着信拒否されたと知った後、彼の舞台を見に行った。既に完売していたチケットは、芸能関係に知り合いの多いハルキに無理を言って都合してもらった。そして舞台の上の葵の、異質な存在感に圧倒された。怒り、大きく笑い、泣き叫ぶ、自分の知らない俳優「高山葵」がそこにいた。

あの、タワーマンションなんて目じゃなかった。葵は特別な人間なんだと、嫌というほど実感した。彼と自分の間にある距離を、思い知った。

「お前、本当にすごかったよ。……葵？」

「あの舞台、見に来てたってこと？　……いや、ちょっと今、話しかけないで」

立ち止まったままの葵を振り返ると、彼は勝手なことを言って、口を噤む。

雪が葵に降り積もる。しばらくは要望に従い見守っていたけれど、すぐに限界が来た。

「葵、寒い、風邪引く」

「奏汰さんが急にいろんなこと言うから、情報が処理しきれない」

小さな声でそんなことを唸って、また黙り込む。この状態では、何を言っても動きそうにない。ため息をついて、奏汰は空を見上げた。

雪の勢いは弱まるどころか強くなり、心なしか粒も大きくなってきた気がする。真っ白な世界に、葵と二人きり。音もなく降り積もる雪の激しさが、葵のひたむきな愛情と重なって身震いする。恐竜と付き合うのも、容易ではない。

「葵、そろそろ凍死するかも」

「奏汰さんに、独占欲とかあったんだ」

ようやく情報の処理とやらが進んだのか、葵が呟く。奏汰は思わず笑ってしまった。

「あるに決まってるだろ。お前はこんなにかっこいいのに。いいからもう、行くぞ。見てるだけで寒い」

ふと思いついて傘を閉じ、葵に手を差し出す。葵はじっと、まるで小さな子供のようにその掌を凝視した。大きな男のあどけない仕草が、どうしようもなく可愛いと思ってしまう。

「抱きしめさせて」

「それはあとでいくらでもするから。早く。手、凍る」

本当に寒くて急かすと、大きな手が掌をぎゅっと掴んできた。葵がゆっくりと瞬きをして、口元を微かに綻ばせる。本当に、分かりにくい笑顔。雪の中で咲くこの花を、見ているのは間違いなく自分だけだった。奏汰はにやりと笑って言った。

「これで、リスト完了」

「……まじじゃん」

カレーを作る、サッカーする、キスをする、リンゴを剥いてあげる、ホラー映画を見る。ツーショを撮る、手を繋ぐ。恋人としたい七のこと。ようやく、すべてやり遂げた。

葵と手を繋ぎ、雪の降る道を歩きながら、奏汰は一度だけ後ろを振り返った。

了

■あとがき■

はじめまして、または拙作を再び手に取って下さりありがとうございます。手嶋《てしま》サカリです。

今回は、記憶喪失のお話を書かせていただきました。記憶をなくしてしまったホラー小説家・奏汰《かなた》と、そんな奏汰の前に突如現れ恋人を名乗る青年・葵《あおい》の、長い恋を巡る物語です。

ファンタジーでなく、特殊な設定もない現代のお話は久しぶりです。これまでの（大体の）作品と比べ、大きな事件は起きないのですが、楽しんでいただけたら幸いです。

内容から少し話が逸れますが、『君を忘れた僕と恋の幽霊』というタイトルに決まるまで、今までで一番たくさんのタイトル案を考えました。現行のタイトルと一緒に最後まで候補に残っていたのが『ずっと〇〇〇を忘れたかった』です。〇部分は若干のネタバレを含むため伏字にしていますが、何が入るかお分かりになるでしょうか。

奏汰と葵を魅力たっぷりに描いて下さった伊東七つ生《いとうなお》先生に感謝いたします。キャラクター達と、彼らが生活する空間がとても生き生きと描かれていて嬉しくなりました。ありがとうございました。

なかなか的を射ないプロット作成にお付き合いいただいた担当様にも、感謝いたします。初稿後も的確なアドバイスを随時下さった担当様のおかげで、何とか作品を完成させることができました。

また、今作に関わって下さったすべての方に心から御礼を申し上げます。

書き続けられる幸運と幸福を感じつつ、またどこかでお目にかかれますことを願って。

手嶋サカリ

初出
「君を忘れた僕と恋の幽霊」書き下ろし

CHOCOLAT
BUNKO

この本を読んでのご意見、ご感想をお寄せ下さい。
作者への手紙もお待ちしております。

ショコラ公式サイト内のWEBアンケートからも
お送りいただけます。
http://www.chocolat-novels.com/wp_book/bunkoenq/

君を忘れた僕と恋の幽霊

2024年10月20日　第1刷

著　者:手嶋サカリ
発行者:林 高弘
発行所:株式会社　心交社
〒171-0014　東京都豊島区池袋2-41-6
第一シャンボールビル7階
(編集)03-3980-6337 (営業)03-3959-6169
http://www.chocolat_novels.com/
印刷所:TOPPANクロレ株式会社

死にたがりの皇子と運命の花守

手嶋サカリ　イラスト・yoco

アス皇国の皇子アウスラーフが恋人で従者の自分を守って死んだ。だが気づくとサスランは四年前に戻っていた。出会うべきではないが、このままでは酷い境遇にある彼は自殺する。サスランは未来の知識で密かに手助けするが…。

S捜査官は跪かない ―Dom/Subユニバース―

手嶋サカリ　イラスト・みずかねりょう

人を支配したい"Dom"とされたい"Sub"がいる世界。通称D/S性向を利用した犯罪が急増。警察官の静は厚生労働省官僚でDomの櫛田と手配車両を捜索中、セックスドラッグを摂取してしまったことでSubに覚醒してしまい…。